ばけもの厭ふ中将

戦慄の紫式部

瀬川貴次

集英社文庫

目次

本書は、集英社文庫のために書き下ろされた作品です。

参考文献
『ようこそ地獄、奇妙な地獄』星瑞穂、朝日新聞出版、二〇二一年

本文デザイン／三木謙次

ばけもの厭ふ中将

戦慄の紫式部

雨夜の怪異がたり、もしくは末摘花

午後からの雨は夜になってもやまず、平安の都にしとしとと降り注いでいる。

御所から退出しそびれた官人たちには、今宵はこのまま宿直してしまおうと、腹をくくった者も少なくない。そんな中に近衛中将たち四名も含まれていた。

近衛は禁中を警衛する武官で、中将はその次官。時期によって異なるが、左近衛府と右近衛府とに各二名ずつ、計四名が定員とされていた。

しかし、平安時代も中頃を過ぎると、警固そのものは武士が代わって担うようになり、近衛はもっぱら歌舞音曲や祭りの使いなどを主な役割とする。つまり、近衛中将とは武官の凛々しさを宿した華々しい役職、上流貴族の子息たちが若い時分に務める宮中の花形だったのだ。

それぞれ名門の出である麗しき中将たちも雨で足止めを食い、内裏の中にある校書殿の一室に自然と集っていた。

当代一の貴公子たちはどんなお話をなさっているのかしらと、女官たちは近くを通るだけでもそわそわしている。この時代の建造物は開放的な造りではあるが、下ろされた蔀戸、御簾や几帳に隔てられて、残念ながら中の会話までは洩れ聞こえてこない。

――室内では、耳に心地よい低い声が、楽の調べのごとくに流れていた。

「いまは昔、宰相（参議の別名。中納言に次ぐ要職）を務めた三善某という人物が、五条堀川の近くの荒れ果てた古家を買い取って、移り住むことにした。だがね、そこは物の怪が出るという噂のある、呪われた邸だったのだよ……」

語るは、左近衛中将宣能。宮中で大きな力を持つ右大臣の嫡男である。

歳は二十代の初め。切れ長の目が印象的なたおやかな容姿ながら、上背があって弱々しさは感じさせない。声は低く、艶があり、育ちのよさをうかがわせる魅惑的なたたずまい。まさに絵に描いたような貴公子ぶりだ。

しかし、彼が魅惑の低音で紡ぐのは雅な恋歌ではなく、おどろおどろしい怪異譚であった。

「周囲の者たちは止めようとしたが、三善の宰相はまったく気にせず邸に移り、そればかりか召使いたちを引きはらわせて、ただひとり、そこにとどまった」

この時代、平安期ではひとびとは常に死霊、生霊、妖怪変化におびえ、何事かあらばすぐに陰陽師の占いや僧侶の加持祈禱にすがって、心の安寧を図った。それほどまでに夜の闇は濃く深く、跋扈する魑魅魍魎の存在がありありと感じられたのだ。

なのに、淡々とした口調で怪異譚を語る宣能は、おびえる素振りなど少しも見せない。まるで最愛の恋人の自慢話でもするかのように、典雅にうち微笑んでさえいる。

常日頃から、普通の公達が入れこむような色恋沙汰には目もくれず、世人が怖がる怪異の現場にまでずんずんと足を運ぶ有様。そんな変わり者の彼のことを、ひとびとはいつしか〈ばけもの好む中将〉と呼ぶようになった。

それでも、当人は外聞など気にせず、飽かず怪異を追い求め続けている。

「その夜、三善の宰相が部屋でまどろんでいると、天井の格子の上から、ごそごそと物音がする。見上げれば、なんと格子のひと枡ひと枡にそれぞれ違う顔がはまっており、こちらを見下ろしているではないか。それでも宰相が平然としていると、顔はすべてパッと消え失せてしまった。しばらくすると、今度は――」

まだまだ続きそうな怪異譚に、

「ちょっと、ちょっと待った」

片手を挙げて止めに入ったのは、左近衛中将と宰相を兼任するため、宰相の中将とも呼ばれる雅平だった。

「そういう話を聞きたかったわけではないぞ。なあ、繁成、有光」

雅平は加勢を求めて、もうふたりの中将を振り返った。

この中での最年長、蔵人の頭（長官）と右近衛中将を兼任する、頭の中将の繁成は苦笑を浮かべて「まあな」と短く応えた。右近衛中将有光は、どうとでもとれる柔和な表情を浮かべ、扇を口もとに寄せている。

話に水を差された宣能は、雅平を軽く睨んだ。

「これからがいいところなのに」

「よくない、よくない。どうしてこんな、しとしと雨の陰気な夜に、余計に陰気になりそうな怪奇譚を聞かねばならないのだ。こういうときはあれだろ、どういう女人が好みだとか、そういうわくわく譚をすべきだろうが」

雅平はしっかりした眉を吊りあげて強く主張した。

目鼻立ちのくっきりした派手な顔立ちの彼は、性格も明るく、陰気な物の怪ばなしにはまるで関心がない。代わりに求めるのが、複数の女人たちとの恋模様だった。

「かの『源氏物語』でも、雨夜の品定めと称される場面で、光源氏とその友人たちが、こういう女がお勧めだとか、こんな苦しい恋をわたしはしたのだよとか、そんな艶めいた話に興じているではないか。あれだよ、あれ。われわれに必要なのは恋だよ、恋」

貴公子・光源氏の恋愛遍歴をつづった名作『源氏物語』まで引き合いに出してくる。ばけものにしか興味のない宣能は首を傾げ、真面目な繁成とおとなしい有光までもが、それはどうだろうかと賛同しかねるような顔をする。彼らの反応の薄さに、雅平は天井を仰いで、ああと大袈裟に嘆いた。

「まったくもう。〈ばけもの好む中将〉と揶揄される宣能だけならともかく、繁成や有光までそのていたらくとは、どういうことなのだ」

「そう言われても」と、繁成は気難しげに眉根を寄せた。

「わたしにはすでに妻がいるから、いまさら女人の話など」

「わたしもいまは小さな子の世話で手いっぱいだからね」

おだやかな有光は、育児を理由にやんわりと拒否をする。雅平はくやしげに歯嚙(はが)みして、左右に首を振った。

「なんと情けない。世人が憧れる近衛中将たる者が」

この時代、貴族の男性が複数の妻を持つことはいたって普通だった。恋多きは非難の対象ではなく、むしろ風雅とさえみなされる。雅平の意見のほうが世間一般に近かったのだ。

とはいえ、繁成たちも言われっぱなしではない。

「だがな、雅平。いくら光源氏をお手本にしているからといって、浮気な恋ばかり重ねるのは感心しないぞ」

年上の繁成に渋い顔で忠告され、雅平は少しだけたじろいだ。

「浮気な恋？　なんのことやら」

「とぼけても無駄だ。内侍司(ないしのつかさ)の若女房にしつこく言い寄っているそうじゃないか」

「はて、しつこく？」とぼけているのではなく、雅平は本気で首を傾げた。

「しつこくはなかろう。五、六度、文(ふみ)を送っただけ……」

「五、六度は多いぞ。二、三度くらいで脈がないようならやめておけ」

「いやいや、せめて十通は送らないと、こちらの誠意は相手に通じないのだとも」

真剣に言う雅平に繁成はあきれ、有光はくすくすと笑っている。宣能は、

「枡目の顔が消えたあと、二度目の怪異として三善の宰相の前に現れしは、身の丈一尺(約三十センチ)ほどの怪しい者たち。四、五十人ばかりが馬に乗って廂(ひさし)の間(ま)を駆けていく――」

「なぜ、そこに戻る?」

恋より怪異を語りたがる友人に、雅平は非難がましい声をあげた。実際、物の怪邸の話など、こんな雨の夜に聞きたくはなかった。怪を語れば怪、至る。物の怪をこの場に呼びこまないとも限らないからだ。少なくとも、世間ではそう信じられている。

雅平はぞくぞくと身震いし、肌に粟(あわ)を生じさせた。が、それを気取られまいと強がり、席を立って蔀戸の隙間から外を覗(のぞ)く。雨はどうやらやんでいるようだった。

「よかった。雨がやんでいる。わたしはいまのうちに帰る」

これ以上、怪異譚に付き合ってはいられないと、立ち去りかける雅平の背に、繁成が声をかけた。

「もう遅いぞ。道もぬかるんでいるだろうし、あきらめて宿直したほうがよくはないか?」

「いや、帰る。帰らせてくれ。ではまたな」

逃げるように足早に去っていく雅平を見送り、繁成は肩をすくめた。

「やれやれ。怪異譚というものは、中途半端に聞くと先が気になって、余計に困るものなのに……。で、身の丈一尺ほどの四、五十人がどうしたって？」

話を振られ、〈ばけもの好む中将〉たる宣能はにっこりと微笑んだ。

「駆け抜けていっただけだよ。三善の宰相も下手に騒いだりはしなかった」

「同じ宰相でも違うものだね」

と、有光は宰相の中将である雅平とからめて笑っている。

「またしばらくすると、今度は塗籠（壁で仕切った小部屋。主に納戸として使われる）から大柄な女がひとり、膝立ちして現れた。檜皮色（黒みがかった赤褐色）の衣をまとい、とても上品で、かぐわしい麝香の香りを放っている。扇で顔半分を隠してはいたが、目もとや白い額はたいそう美しい」

「美女登場か。雅平も、もう少し待っていればよかったのに」

繁成の言葉にうなずきつつ、宣能は話の先を続けた。

「ところが、女が扇を下ろすと、鼻は高々として色赤く、口の端からは銀色の鋭い牙が互い違いにのびている」

「おっと、そう来たか」と繁成がたじろぐ。

「ただでは済まないのだねえ」と有光も引く。

うんうんと、宣能は嬉しそうに重ねてうなずいた。

「さすがに三善の宰相も驚いたが、黙って見ているうちに女はそのまま塗籠の中に戻っていったそうだよ。その後、不思議な老人が庭先に現れて、『わたくしどもが長年住んでおりますこの邸に、あなたさまがこうしておいでになって困っているのですよ』と訴えてきた。しかし、三善の宰相は一歩も引かず、『さては狐の類いか。わたしはこの邸を正当な手続きを踏んで手に入れた。理はこちらにあるのだぞ』と老人を恫喝する。おそれいった老人は、一族を引き連れて別の場所に移ることを約束し、三善の宰相も『そうするのがよかろう』と諭した。その後、宰相は邸を改築して移り住んだが、変事はまったく起こらなかったそうだ。賢きひとには、鬼や物の怪、狐の類いも悪しき真似はできないのだということらしい。ま、わたしとしては、物の怪邸のままでいてくれたほうが楽しかったろうにと思うけれどね」

宣能らしい感想に、有光がぷっと噴き出した。

「〈ばけもの好む中将〉がいるかと思えば、雅平のように〈ばけもの厭ふ中将〉もいる。近衛中将もさまざまだね」

大らかに受けとめる有光とは反対に、繁成はしかめっ面で、

「雅平の色好みもどうかと思うが、宣能のばけもの好きも相当だぞ。君子、危うきに近寄らずという言葉を知らんのか。祟られでもしたら、どうする」

彼は彼で本気で友を案じているのだ。それが伝わるからこそ、宣能も穏やかな表情で応えた。

「そんな心配をしなくとも大丈夫。これほど強く怪異を追い求めているのに、わたしはただの一度も真の怪に遭遇していないのだよ。大抵は勘違いであったり、雨風などのしわざであったり、ひどいときには誰かの企てだったり」

燈台の油皿の上で揺れる灯火に視線を移し、宣能はしみじみとつぶやいた。

「求める者のところには、本物はなかなか現れてくれないのだねえ……」

ぎしり、ぎしりと車輪を軋ませ、雅平を乗せた牛車はゆっくりと御所から離れていった。

「今日は方角が悪い。いつもの道でなく、いったん西に進んで南に大廻りしていってくれ」

雅平のその指示（陰陽師からの受け売りだったが）に従って、牛車は普段とは違う道を進んでいた。何をするにも陰陽師の占いに頼るのは、貴族にありがちなことだった。

雨あがりの通りにはひと気がなく、柳の木が雨に濡れた枝葉をぐったりと垂らしているばかり。湿気を多分に含んだ夜気は、雲間から注ぐ月の光をぼんやりと滲ませている。

特に見るべきものはない。いや、むしろ、見なくていいモノ——たとえば柳の木の下に恨めしげにたたずむ女の霊、暗雲の狭間を軽快に飛ぶ烏天狗などを不用意にみつけたりしないようにと、雅平は牛車の物見の窓をぴったり閉めていた。宣能から怪異譚をたっぷり聞かされて、いささか過敏になっていることは否定しがたい。

突然、がくんと牛車が揺れ、それきり動かなくなった。雅平は驚いて前面の御簾を上げ、従者たちに声をかけた。

「どうした、何事だ」

「すみません、車輪がぬかるみにはまってしまいまして……」

複数いる従者たちが車を押し、牛飼い童が牛の尻を叩く。が、牛車はびくともしない。

やれやれと雅平は嘆息した。こんなことなら宿直したほうがましだったかと後悔しても、いまさら遅い。

「どこまで運が悪いのやら。まったく、陰陽師の占いに従って遠廻りしておいて、これなのだからな」

愚痴りながら、あたりを見廻す。その視線が一点にふと止まった。

通りに面していたのは、貴族の住まいとおぼしき古い邸。残念ながら塀は傷んだままで、大きな亀裂も放置されている。その亀裂のそばに、薄ぼんやりとした人影が立っていたのだ。

立烏帽子(たてえぼし)に松葉色の直衣(のうし)をまとった男だった。こちらに背を向けているので、顔立ちはわからないものの、身なりからするにそれなりに身分のある者のようだ。

なのに、従者のひとりも連れていない。近くにひそませているのかもしれないが、妙な気がして雅平は眉をひそめた。人影が立っているのが傷んだ塀のそばというのも気になった。塀の大きな亀裂から、邸の中をうかがっているふうにも見えたのだ。

塀の上からは松の老木が大きく枝を張り出していた。何気なく松のほうを見上げた雅平は、

「おや、あの松の枝ぶりは……」

なんとなく、見おぼえがある気がして独り言(ひとりご)ちる。直後、彼はぽんと手のひらを打ち鳴らした。

「そうだ。亡き上総宮(かずさのみや)のお邸だったな」

三代前の帝(みかど)の皇子(みこ)、亡くなられた上総宮には、出家された御子息の他に妙齢の娘御がおられる――そんな話を聞きつけて、恋文を送ったことが過去にあったのだ。

この時代、貴族の女性は家族以外の異性には、容易に姿を見せない。そんな中でどうやって恋愛するかといえば、男性は噂ばなしから女性の器量や性格を推し量り、ひたすら恋文を送って売りこみをかけるのである。

幾度か文を交わし、その筆跡や和歌の出来栄えから互いに相手の人柄を探っていき、

良き頃合いでまわりにいる女房などが逢う手筈を整える。そうやって、一夜をともに過ごしてから、翌朝の光で初めて相手の顔を見ることも珍しくなかった。

（四、五通くらいは送ったかな。けれども、結局、返事は一度もいただけなかった……）

文の遣り取りがなくては先に進みようもない。そんな、恋になる以前に終わってしまった苦い思い出を、雅平は改めて嚙みしめた。

（あの男は姫のいまの恋人なのだろうか）

そう思いつつ視線を戻すと、もう例の松葉色の直衣の男はいなかった。おそらく、こちらに気づいて立ち去ったのだろう。

（ということは、まだ恋人ではない？　姫の噂を聞きつけて、様子をうかがいに来た好き者か？　ふうむ……）

逃した女人に別の男が接近しようとしている。そう知るや、これは見過ごしにできないぞという気持ちがふつふつと湧いてきた。

（そうとも、四、五通の文を送った程度で返事がないからあきらめるとは、わたしらしくもない。せめて十通は送らないとと、繁成に言ったばかりではないか。もしかして、相手が宮家の姫君だからと遠慮してしまったのかもしれないな）

雅平は派手やかな顔に、ふっと余裕の笑みを浮かべた。

（何を臆することがあろうか。わたしの父は先々代の帝の皇子にして、臣籍に降下した

身。れっきとした宮家の血筋で、上総宮の姫君とも似たような立場ではないか）

一度はあきらめた相手に対する恋の炎が、再燃する。雅平はきりりと表情を引き締め、従者のひとりの名を呼んだ。

「これ、惟良（これよし）」

はっ、と簡潔に返事をして、小柄な男が牛車のすぐ脇に寄ってきた。従者たちの中でも、雅平が最も信頼をおいているのがこの惟良だった。

「おぼえているか、上総宮の姫君のことを」

「上総宮さま？　ああ、はいはい、殿がうまく口説けなかった姫――おっと」

惟良は中途でおのれの口を押さえた。雅平も、自分に都合の悪いことは聞かなかったふりをする。

「なんの偶然か、上総宮のお邸がすぐそこだ。牛車がぬかるみにはまって困っているので、人手を貸してもらえないかと、声をかけてはどうか」

「そうですね。駄目でもともと、やってみましょうか」

はなから期待していないことを言外に匂わせつつ、惟良は上総宮邸へと向かった。ほどなく、水干（すいかん）姿の老人を連れて戻ってくる。

老人はひどく痩せていて、腕力にはとても期待できそうになかった。それでいて、自分の身の丈よりも大きな板を軽々と背負っている。

「その板は？」

雅平が不思議に思って訊くと、老人は白い眉尻を下げて応えた。

「先だっての嵐ではずれた板戸でございますよ。曲がってしまい、もとにも戻せずに庭先にうち捨てておりました。試しにこれを、車輪の下に押しこんでみてくださいませ」

指示通りに板戸を牛車の車輪の下に押しこみ、再び、みなで車を押してみる。すると、空廻りするばかりだった車輪は板戸の上に乗りあげ、ぬかるみからやっと脱出できた。

「うまくいった！」

牛飼い童や従者たちが、いっせいに喜びの声をあげる。板戸を持ち出した老家人も誇らしげだ。

「やれ、ありがたい。この礼は必ずしなくてはな」

雅平が車中から直接、ねぎらいの言葉をかけると、老人は、「もったいないことでございます」と深々と頭を下げた。

「ときに、こちらの姫君は――健やかでおすごしだろうか」

以前に文を出してから、結構な年月が経っている。すでに通う男がいるのではないかと探りを入れたのだ。老人は雅平の意図を正しく汲み取り、

「以前とまったくお変わりなく、父上の形見の琴のみを友として、静かにおすごしでございます。邸のほうは前以上に荒れてしまいましたが」

姫に恋人がいないことといっしょに、宮家の懐具合が厳しいことも匂わせる。言われずとも、放置された板戸の話や、塀の傷み具合から、邸の手入れもままならぬほど困窮しているのは充分、察せられた。

皇族の血を引く宮家であろうとも、時流に乗り遅れれば当然、没落していく。上総宮家の場合、父宮が亡くなったうえに兄も出家の身とあっては、姫の後見役も容易にはみつかるまい。

妻の実家の権力、経済力が夫の出世に大きく影響する時代ゆえに、男のほうもそういった相手を選びがちだった。いくら血すじがよくとも、頼れる後見人のいない姫では結婚も難しい。そんな世知辛い世だからこそ、夢のある恋物語がもてはやされたのかもしれない。

「そうなのか。では、わたしがまた改めて姫に文を送ったとしても、どこかの誰かに咎(とが)められるようなことはなさそうだね」

わざと独り言のようにつぶやいてから、

「今宵の礼はまた改めて。どうか、姫にもわたしのことをよろしく伝えておいてくれないか」

そう告げると、老人は「はい、それはもう」と、いっそう深く頭を下げた。

惟良だけでなく、他の従者や牛飼い童までもが「おっ」という顔をして、目配せをし合う。殿がまた新たな恋（正確には仕切り直しの恋）に突き進もうとしている――そんな予感に、お付きの者に過ぎない彼らでさえ、わくわく、そわそわしていた。人間たちに感化され、牛車に繋がれた牛も、わざわざ首を後ろにねじって雅平をみつめている。ついには遥か頭上の雲間からも、欠けた月がこの恋の行方を興味津々で見守っていた。

翌日、雅平は昨夜の礼という名目で、着る物などの贈り物を届けさせ、そこに渾身の恋文を添えた。これを読んで落ちない女はおるまいと思えるほど、近年まれに見る自信作だった。

なのに、上総宮の姫君からの返事はない。対応に出たあの老人とおぼしき家人から、礼の言葉があっただけだ。

この結果に、雅平は自室で脇息にぐったりともたれかかり、失意のため息をついた。

「これでは、前のくり返しではないか。全力投入の恋歌を詠んだのにまったく反応を示さないとは、気位が高いにもほどがあるぞ」

「気位が高いというのとは、少し違う気はしますけれど」

雅平の愚痴の聞き役を務めているのは、家の女房の小侍従だった。

小侍従は雅平の乳母の娘で、彼とは乳姉弟になる。小侍従のほうが三つ年長、女きょうだいのいない雅平にとっては姉のような存在で、気安さからこんな内々の話し相手ともなっていた。最初に、「わたしの遠い親戚がこういう姫君にお仕えしていて……」と、上総宮の姫君の話を聞かせてくれたのも、この小侍従だったのだ。

「艶めいた文を受け取っても、どうしていいのかわからずにすくんでしまわれるような内気なかたなのですよ。本心ではきっと喜んでおいでですわ。けれども、それを表に出すのがお恥ずかしいのでしょう」

「いや、そこは素直に出してもらわないと」

「上総宮さまが年老いて儲けられた御子ですから、きっと大事大事に育てられすぎたのでしょうねえ」

小侍従はしたり顔でうなずいてから、

「でも、こうしてまた、雅平さまが宮の姫さまに関心を持たれるなんて！」

自分で仲介をしておいてうまくいかなかった一件だけに、雅平から再び宮の姫のことを聞き、小侍従も浮き足立っていた。

「上総宮さまの邸の前で牛車がぬかるみにはまったのも、きっと神仏のお導きですわ。それだけ深い縁で、雅平さまと姫さまとは結ばれているのですよ」

「そ、そうかな？」

「そうですとも。わたしも、いまの夫とは何度も疎遠になりかけて、でもそのたびに、ちょっとしたきっかけで元の鞘に収まったりと、そういうことをくり返すうちに縁の強さを実感しましたもの。ですから、こういう機会がまためぐってきたということは、前世からの宿縁だったのだと受けとめてよろしいのではありませんか？」

「前世からの宿縁……」

大袈裟な表現に、雅平の気持ちも揺さぶられる。小侍従はさらに押していった。

「身分の高い姫さまが、不本意な結婚をして家名に傷がつくよりはと独り身を貫く話をときどき聞きますけれど、親兄弟がいてくれるうちならともかく、そうでもないのに殿方を遠ざけていては、残念ながら家は傾く一方。お仕えしている者たちもどんどん数が減って、お住まいは荒れていくばかりですわ。上総宮さまのところはまさにそのような有様でしたから、雅平さまのような懐の広いかたが後ろ盾になってくだされば心強いのにと考え、ご紹介したのですよ。以前はそれがうまくいかず、わたしも残念に思っておりました」

「お支えしたいのはやまやまなのだが、姫のほうがわたしを必要としてくださらないのではどうしようもないからね」

「まあ、今源氏と噂される雅平さまがそのような弱気な言葉を口にされるなんて」

「今源氏？」

「『源氏物語』の主人公の光源氏の君そのままだと、巷でも言われているそうですよ。

ご存じなかったのですか？」

そんなはずはないでしょうと言外に匂わせてくる。

「うん……。確かにわたしは臣籍降下して源氏姓を賜った家の出だし、光源氏のように眉目秀麗だと言われたことはあるかな。しかし、あくまでもまわりがそう言うだけで、わたしはそこまでうぬぼれていないつもりだよ」

口では謙遜しつつも雅平が喜んでいることは、増えた瞬きの回数、小鼻のピクつき具合から一目瞭然だった。彼のわかりやすさに、小侍従は広袖を顔に寄せてころころと笑う。

「本当に、いまのこの状況は、まさに末摘花の姫君に恋文を送る光る君のようですわね」

『源氏物語』の〈末摘花〉の巻で、光源氏は故常陸宮の忘れ形見である姫君の噂を聞き、彼女に文を送る。が、姫からの返事はない。

友人の頭の中将が彼女を狙っていると知って、余計にあせった源氏は、強引に姫と関係を結ぶのだが、後日、明るい陽光のもとでやっと目にした相手は、長い鼻の先が赤く染まった、美女とは言いがたい容貌の女性だった。姫の呼び名の末摘花も、赤い花と赤い鼻をかけたものだったのである。

がっかりはしたものの、光源氏はその後も色恋抜きで末摘花の暮らしの援助をするようになる。帝の皇子として生まれ、眉目秀麗で、あらゆる女性をとりこにしたとされる源氏だが、こういう失敗もあったとして、よく取りあげられる逸話だった。

「まさか、上総宮の姫君も、末摘花のように鼻が赤かったりはしないだろうね」

「言われてみれば、お父上の宮さまのほうは、面長で鼻もちょっとばかり長めでありましたような……」

「おいおい」

「でも、姫さまの鼻はそこまでではなく、愛らしいお顔立ちのかたでしてよ」

「本当かなぁ」

警戒する雅平に、小侍従はきっぱりと疑惑を否定してみせた。

「いくらなんでも、そこまで物語通りに事が進むはずがないでしょうに。『源氏物語』は宮廷女房の紫式部（むらさきしきぶ）が昔、書いた作り事なのですから」

「うん……。そうだな。そもそも物語通りなら、光源氏の再来たるわたしは、もっと多くの女人とうまくいっているはずだものな」

ついさっき謙遜したくせに、雅平は堂々と自らを〈光源氏の再来〉と言い切った。

「あら、雅平さまがあちらこちらの女人に文を出されているという噂なら、わたしもちゃんと耳にしておりましてよ」

「噂だけ。噂だけだよ」

雅平はひらひらと手を振って否定した。

「相思相愛になったことがまったくないとは言わないよ。けれども、文を送って送って、ようやく恋人同士になれたかと思ったのもつかの間、相手の浮気が発覚したり、理由もなく見放されることもざらなのだよ。ひどいときは、最初からむこうには恋心などなく、露骨に援助目的だったりとかね。一事が万事そんなふうで、これぞという相手にはなかなかめぐり逢えない。世間はいかにも、わたしが好き者のように言うけれど、それこそ買いかぶりだ。わたしはこんなにも誠実な男なのだよ」

「はいはい。そういうことにしておきましょうか。では、上総宮の姫君のことはいかがされますか？」

「前回、四、五通ほど文を送っていて、今回のが五、六通目。せめて十通は送らないとこちらの誠意は相手に通じまいから、最低でもあと四通は文を送らなくては」

「……なぜ、そう数にこだわりますの？」

頭の中将の繁成に大見得を切ったからとはさすがに明かせず、「おのこの意地というものだよ」と雅平は言い張った。

「とにかく、暮らし向きもお困りの様子だったから、着る物、食べる物もまた添えてやっておくれ。物で釣っているふうに思われても困るが、この際、手段は選んでなどいられないからね」

「わかりました。そのように手配しておきますわね」

長い裳裾(もすそ)をさばいて立ちあがり、退室しかけた小侍従は、御簾の手前でちらりと彼を振り返った。

「女人にまめなところは、本当に光源氏の君そっくりですわね」

褒められたのか、からかわれたのか、微妙なところだったが、楽天家の雅平は前者と受け取り、微苦笑を浮かべた。

「ならば、きっとこれからも、わたしは源氏の君のように苦しい恋ばかりを重ねていくのだね。ああ、わたしの運命の相手は、いったいどこにいるのだろうか――」

物語の光源氏は、父の桐壺(きりつぼ)帝の妃(きさき)である藤壺(ふじつぼ)の女御(にょうご)に、叶(かな)わぬ恋をしている。その心の渇きを癒やすため、恋愛遍歴を重ねていくのだ。

雅平の場合、そこまで深くのめりこんだ相手がいたかというと、少し違う。それでも、憂いをたたえて天を仰いだその表情は、なかなかさまになっていた。あらあらと首をすくめる小侍従も、彼の容姿がすぐれている点は、さすがに認めざるを得なかった。

しかし、六度、七度と文を届けても、上総宮の姫君自身から返しの文が来ることはなかった。さすがにこれはと雅平も思い、

『さすがにここまで嫌われているとは思いませんでした。迷惑になるようならば、次を最後にしようかと――』

わざとそう書いたところ、家人の老人のほうから、文使いの者に、

「姫さまは文の遣り取りそのものに慣れていらっしゃらないのです。中将さまが直接、お越しくだされば、お礼代わりに琴の音をお聞かせできるのにと」

そんな返答があった。雅平が「よっしゃ！」と拳を握りしめたのは、言うまでもない。

さっそく、美麗な直衣に雅やかな香りをたっぷりと薫きしめ、宵のうちに上総宮邸を訪問した。

ようこそおいでくださいました、と例の老人を筆頭に、家人や女房たちが満面の笑みで雅平を迎えてくれた。若い者がほとんどいない、みなが痩せて着ているものも古くさい、といった点は、雅平も見て見ないふりをした。

席は廂の間に設けられ、姫のいる母屋とは御簾で仕切られている。さすがに直接対面とはいかぬものの、外の簀子縁（外に張り出した渡廊）ではなく屋内の廂に通してくれたのは、贈り物作戦が効いたからに違いない。やった甲斐があったと、雅平も内心、ほくそ笑んだ。

「ようやく、お逢いできましたね。姫君」

声をかけても御簾のむこうから返事はない。そこにいるにはいるのだが、明かりが燈

台の小さな火ひとつきりでは、髪の長い女としか判別がつかない。顔立ちどころか、年齢も定かではないのだ。小侍従の話では、二十三、四ということだったが……。

見かねて、まわりの老女房たちが口を挟んできた。

「琴をお弾きなさいませ、姫さま」

「宮さまの形見の琴の音を、中将さまにぜひ」

雅平も、このままだんまりを決めこまれるよりはと、それに乗った。

「そうですね。ぜひともお聞かせ願いたいものです。琴の音が冴えそうな今宵だからこそ、なおさら……」

御簾のむこうの人影は動かない。やはり駄目かと雅平があきらめかけたそのとき、微かな一音がその場に流れた。

上総宮の姫が手もとに置いた琴を、遠慮がちにかき鳴らしたのだ。

おおっ、とまわりに侍る老女房たちが息を呑んだ。雅平も大きな目をさらに大きく見開いて、姫の一挙手一投足を見極めようと試みる。

御簾越しではあるものの、姫の細い肩が動いているのは見え、そのつど琴の音が流れていった。いささか、たどたどしいのは否めない。とはいえ、大陸伝来の七絃琴はすでに廃れた楽器であり、その物珍しさもあって、雅平の耳にはなかなかの音色に聞こえた。

「なるほど、これは趣深い……」

そんな言葉も嘘ではなかったのだ。

琴のみを頼りに孤独に過ごす高貴な姫君。雅平の中で、上総宮の姫はそのように認識されてしまった。と同時に、このひとこそ得がたい理想の恋人なのかもしれないと、一方的な期待がむくむくと膨れあがっていく。

こうなると、邸の荒れようや、老いた女房たちの存在も目に入らなくなってくる。いまここで行動に移さなくては、次の好機はいつめぐってくるかわからないぞと、気も急く。力ずくで迫るような乱暴な真似は、彼とて避けたかったのだが……。

ままよと、雅平は身を起こし、御簾の内側へといきなり分け入った。

ひゃあ、と老女房たちが悲鳴をあげる。琴を弾く姫の手も止まる。

逃げられる前にと、雅平はすくんでいる姫君を腕に抱きしめた。

「そのように怖がらないでください。これも、あなたに恋い焦がれるあまりのことなのです。この切ない胸の内を、ただただ、あなたに知って欲しくて……」

熱くささやきながら、姫の身体をおのが胸に抱き寄せる。動転しているのか、姫はろくに抵抗もしない。老女房たちもその場でおたおたするばかりだ。

「気を利かせよ」

と、雅平がひと言告げると、老女房たちはあわてて退出していく。うちのひとりが拝むように両手を合わせ、

「どうか、どうか、姫さまをよろしくお願いいたしまする」

そう言って、逃げるように去っていった。急な展開に動転しつつも、彼女たちもこうなることを最初から望んでいたのであろう。

部屋には、雅平と姫だけが残された。姫は雅平の腕の中で、声もたてずにじっとしている。

折れてしまいそうな、か細い身体だった。——と言えば聞こえがよいが、正直な話、痩せすぎて骨がゴツゴツしていると表現したほうが現実に近かった。

(こんなに痩せるほど苦労なされていたのか……)

邸の主人である姫がこれなのだ。思い返せばまわりに控えていた老女房たちも、みな一様に痩せて、白く煤(すす)けた衣をまとっていた。高価な染料で染めた色とりどりの装束など、入手も困難なのであろう。それでも、昔風に前髪に櫛(くし)を挿して、宮家の権威を精いっぱいとりつくろおうとしていた。その気配りが、いまさらながらいじらしく感じられてくる。

(うん。これは、なかなか見捨てられるものではないぞ)

光源氏も末摘花の姫君がかなりの醜女(しこめ)と判明したあとも、見捨てられずに彼女を経済的に援助している。その気持ちが、似たような状況におかれ、雅平にもうっすらと理解できてしまった。

（だったら、やはりこのまま）

ゆっくりと姫を押し倒すと、相手が息を呑む音が聞こえた。小鳥のように小さく震えていて、本当に色恋に慣れていないのが直（じか）に伝わってくる。百戦錬磨の雅平も、

（なんだか、かわいそうになってきた……）

ここに足を運んだ段階で、今宵こそ姫を手に入れようと決意していたはずが、そんなに急がなくてもよいような心地になってくる。

（そうだな。もう少しふっくらとさせてから改めてという手もあるか）

どこぞの森の魔女のようなことを考えつつ、雅平は熱くささやいた。

「どうか怖がらないでください。けして無体なことはいたしません。ただ、あなたがあまりにもつれないので、哀（かな）しくて哀しくて。どうにかして、わたしの想（おも）いの深さを知って欲しかったのですよ。その証拠に、今宵は何もいたさず、こうして琴を枕に昔がたりなどをして過ごしましょうか……」

既成事実を作るつもりでいたが、添い臥（ふ）して話をするだけでもいいかと、雅平は本気で思った。それが伝わったのか、腕の中の姫の震えが少し収まる。

雅平はそっと彼女の髪をなでてやった。長くて量も多い、見事な黒髪だった。この時代、髪の長さと量は美人の条件のひとつだ。

暗い中、懸命に目を凝らせば、顔立ちもうっすらとだが見えてくる。面長で、鼻もや

や長めだが案じていたほどではなく、醜くもない。美女とまでは行かずとも、品のある顔立ち、と言えなくはないだろう。

（亡き上総宮が鼻が長かったと聞いて、もしや姫も……と覚悟していたが、杞憂（きゆう）だったようだな）

そんな余裕をいだき、やっぱりこのまま関係を結んでしまおうかと迷っていると、頭上でことりと微かな物音がした。

何かなといぶかしみ、雅平が視線を上に向ける。格子状に仕切られた天井板の一角がはずれ、天井裏から見知らぬ男がひょっこりと顔を覗かせたところだった。

歳は五、六十代で、立烏帽子を頭に載せている。鼻はかなり長くてふっくらとしており、まるで茄子（なす）のようだ。

えっと雅平が息を呑み、凝視している間に、その鼻がずんずんとのび、だらりと垂れ下がってきた。

えええっと驚き、雅平が身じろぎをすると、腕の中の姫がぎゅっと身を堅くした。彼女は天井の男に気づいていない。雅平が急に動いたので、やはり何かされるのではと怖くなったのだろう。

「あ、姫、その、あの、怖がらないでください」

姫には優しく告げ、再び天井に視線を戻す。目をそらしていたのはほんのわずかの間だったのに、天井板はもと通りにぴたりとはまって、鼻の長い男の姿はどこにもない。

（わたしは幻を見たのか……？）

釈然としないながらも、そういうことにしてしまおうとしていた雅平の眼前に、男が再び現れた。いったいいつ移動してきたのか、姫のすぐむこう側に身を横たえて、こちらをじっとみつめていたのだ。

雅平が悲鳴をあげなかったのは、懸命にかき集めた自制心の賜物だった。おびえる姫君が腕の中にいて、彼女をほうり出すことはさすがにできなかった。さすがに。

鼻長の男は眉尻を下げ、なんともいえない哀愁漂う表情で雅平を見ている。身に着けているのは、立烏帽子に松葉色の直衣。以前、宮の邸の塀のそばに立っていた人影と、同じ色合いの装束だった。思えば、あの人影をみつけたのがきっかけで、こちらに通うようになったのだった。

あのときは顔までは見ていなかった。いま、すぐ近くにあるそれは、姫とどことなく面差しが似ていた。特に鼻のあたりが。

（まさか……、亡き上総宮が……）

相手の顔色の悪さ。天井裏からいまの位置へと、瞬時に移ってこられた摩訶不思議さ。それらを考え合わせれば、亡霊と見るのが妥当であろう。最愛の娘に不埒なことをしでかそうとしている男を、祟り殺そうとしているに違いない。

　雅平は内心、激しく動揺しつつも、祟られてはなるものかと必死になった。姫、と呼びかけながら、実際は上総宮の亡霊に向かって言う。

「ご、ご安心くださいませ。本当に、本当に無体なことはいたしませんから。ただ、ただ、あなたのお邸の窮状を知って、わたしにお手伝いできることがあればと、そう考えただけなのですから」

　御簾の内に踏みこんでおいて、いまさらな発言だったが、そんなことは気にしていられず、雅平は重ねて力説した。

「わたしの父も皇子から臣籍に降下した身で、姫と同じ境遇なればこそ、他人事とはとても思えなかったのです。世の好き者のごとき浮ついた気持ちなどでは絶対にありません。絶対に。はい、絶対にです。そう、これは色恋ではなく、愛です。愛なのです。大気のごとき大きな愛。姫が愛しい、姫を守りたいと願う、純粋まっさら、清らか極まりない大情愛なのですとも」

　愛こそすべて。

　当初の目的とかなり変容していたが、雅平は懸命に訴え続けた。祟られるか祟られないかの瀬戸際、まさに命懸けだったのだ。

「あなたが琴のみを友に静かに過ごしたいと望むのであれば、そうなさればよろしいかと存じます。今宵はこうしていだき合って眠るだけで、わたしは大満足でありますれば――」

どちらにしろ、鼻の長い亡霊にみつめられる中で、事に及ぶことはもうできない。

そんな掛け値なしの真実の言葉は、聞く者の胸に響いた。雅平の腕の中で姫はしくしくと泣き始めている。姫のむこう側に横たわる鼻長の男も、小さな目に涙をいっぱいにためている。

これなら命ばかりは助かるかもしれない、と雅平が安堵(あんど)しかけたそのとき、鼻長の男がゆっくりと身を起こした。

いや、身を起こしたのではない。細い首がぐにゃあとのびて、まっすぐ起きあがったのだ。その動きに合わせて、長い鼻がぶらりんと揺れる。

生きた人間には絶対にできない所作。驚愕(きょうがく)した雅平は腕に姫を抱いたまま、たちまち気を失ってしまったのだった。

「本当だ。本当なのだよ。上総宮の亡霊を、わたしはこの目ではっきりと見たのだよ」

御所の中の校書殿の一室に、近衛中将たちが公務の合間の息抜きとして自然と集まっていた。そこに最後に現れた雅平が真っ青な顔をしてそう言い放つと、頭の中将の繁成が眉をひそめて、首を横に振った。

「また何を言い出すかと思ったら、真っ昼間からそんな話か。縁起が悪い。そういう話はこの間の宿直のような、時間を持て余しているときの座興にとっておいてくれ」

「そんな気安い話ではなく、本当の本物なのだと言っているではないか！」

「どうなのだか……。とにかく、騒ぐならよそに行ってくれないか。ここ校書殿は蔵人頭を兼任するわたしの職場であって、近衛とは直接、関係がないだろうに」

「つれないぞ、繁成。近衛府よりも校書殿のほうが清涼殿(せいりょうでん)にも近くて集まりやすいのだから仕方あるまいに」

「誰が集まってくれと頼んだ」

盛んに言い合うふたりに苦笑しつつ、癒やしの君の有光は〈ばけもの好む中将〉の宣能を振り返った。

「どう思う？　やはり、怪異は望む者のもとへはなかなか現れず、望まぬ者の前にこそ姿を現すのかな？」

問われた宣能も苦笑を禁じ得ない。

「とりあえず、聞こうか」

ずいっと身体を前に出して、宣能は雅平の話を聞く態勢をとった。やれ、ありがたいと手を合わせつつ、雅平は牛車がぬかるみにはまったのがきっかけで、宮の姫のもとに文を送り始めたところから、話を始める。

宮の姫が琴を弾いてくれたくだりでは、有光が「『源氏』の末摘花そのままだね」と興味深げにつぶやいた。おかげで、

「だろう？　そう思うだろう？」

と、雅平もだいぶ機嫌がよくなった。

ところが――話が進んでいくにつれ、宣能の端整な顔が曇り始める。本来ならば、「いよいよ怪異が！」と喜びそうなものなのに、怪訝そうな表情へと変わっていくのだ。

上総宮の霊が天井から顔を覗かせたのち、横たわる姫のすぐむこうに再度出現したところで、宣能は低い声でつぶやいた。

「それは……怪しいな」

「怪しい？」

おのが話を疑われ、雅平は狼狽した。

「な、なぜだ。何が怪しい」

「以前にわたしが話した三善の宰相の話に似通っている」

「宰相の話？　ああ、天井の格子に顔がはまって見下ろしていたという怪異だな。それはわたしも思わなくはなかったが、しかし、まったく同じというわけでもないぞ。たまたま見上げた天井に男がいただけで、その後、すぐに姫のむこうに――」

「天井から覗いていた男と、姫のむこうに横たわっていた男。果たして、それは本当に

同一の人物なのかな?」

「はあああ?」雅平は思わず珍妙な声を発した。

「疑っているのか? わたしの作り話だとでも?」

「そうは言わない。ただ、きみの心のどこかに宿直の最中に聞いた怪異譚の片鱗が残っていて、それが影響を及ぼした可能性がないとも限らない」

「なんだ、それは。いつもいつも怪談ばなしばかりしているくせに、なぜ真実の目撃譚を受け容れない?」

「真実? 目に見えるものがすべて正しいとは限らないからだよ」

宣能が慎重に言えば、理性派の繁成は重々しくうなずき、有光も、

「いまの話を聞いていて思い出したのだけれどね」

と、おっとりとした口調で話し出した。

「亡き上総宮には姫ばかりではなく、出家された御子息がひとり、いたはずだよ。確か、横川の僧都どののもとで修行をされておられるとか。わたしは一度、祖父の法要の際にそのかたと話をしたことがあってね。何を話したかは忘れてしまったけれど、鼻がかなり長かったことだけはおぼえているよ」

宣能が軽くうなずく。

「わたしも宮の出家した御子息が、父君に似て鼻が長いと聞いたことがある。だから、

天井から顔を出した男が鼻が長かったと聞いて、兄君のことをまず考えた」

繁成が指をピンと鳴らし、「それだな」と追従した。

「怪異の正体は出家した兄君だ。好色な男にしつこく言い寄られている妹姫の身を案じ、兄君が亡霊のふりをして雅平を脅かしたに違いない」

「誰が好色でしつこいだ」

事実だと認めたくない雅平は、顔を真っ赤にして吼えた。

「それに、わたしが見たのは有髪の男で、歳も五、六十はいっていたぞ」

彼の反論に対し、宣能が冷静に告げる。

「髪はかもじでどうとでもなるし、老け顔も化粧で簡単に作れるとも。ましてや、現場は御簾の中の薄暗がりだったのだろう？」

「いやいやいや、鼻も普通の長さではなかったのだ。天井裏から顔を出した際、見る見るうちに長く垂れ下がってきてだな」

「それに関して何か思うところはないか、繁成」

宣能は、趣味でからくり細工なども作製する、手先の器用な繁成に意見を求めた。繁成は顎をさすりながら考える。

「長い鼻か……。たとえばだが、米の粉をこねたものを鼻にたっぷりのせて、長い鼻が重みでさらにのびていくように演出したと見るのはどうだ？」

「はあ？」と雅平は裏返った声で叫んだ。

「なんだ、それは。どうして、そんなまだるっこしいことをする必要がある」

「だから、しつこい好き者から妹姫を守ろうとしたのだろうよ。贈り物もすでに受け取っているし、下手に怒らせてもまずいから、亡霊のしわざにしてなあなあで済ませておきたかったのでは？」

繁成が遠慮なしに指摘していく。雅平は納得がいかずに反論を続けた。

「天井裏から覗いていたかと思ったら、足音もたてず、わたしたちのすぐそばにまで移動していたのは、いかがする？」

繁成が口を開く前に、宣能が言った。

「ふたりいたのだ。天井裏に隠れていた男と、すぐそばで様子をうかがっていた男と」

「ふ、ふたり？」

「ああ。ともに松葉色の直衣を着て、付け鼻や化粧で上総宮に似た風貌をこしらえていた。ひとりは兄君で、もうひとりは家人だったのではあるまいかな。きっと、天井裏に隠れていたほうが家人で、すぐ近くにいたほうが兄君だ。近くで見て、顔立ちが姫に似ていたというのなら、その可能性が高い。天井裏のほうは、ひょっとして最初に板戸を貸し出してくれた老人だったのかもしれないな」

有光もいっしょになって「うん、それはあり得るね」と大きくうなずいた。

「ふたりがかりで仕掛ければ、あちらに現れ、こちらに現れといった演出もできて、ますます怪異らしくなるよ。なんだか楽しそうだねえ」

恐怖の一夜の顚末が、繁成と宣能、有光たちによって紐解かれていく。そんな馬鹿なと思いつつ、雅平は弱々しくかぶりを振った。

「だがしかし、首が……」

のびたんだよ、と言う前に、宣能がぽんと彼の肩に手を置いた。真剣な面持ちで雅平をみつめ、首を横に振ってから宣能は告げた。

「気持ちはわかるとも。自分は怪異を目撃したのだ、常の世ならぬ尊い神秘に触れたのだ、きっとそうに違いないと信じたくもなるだろうさ」

「いや、全然……」

そんな特殊な嗜好はないと否定する間もなく、宣能は続ける。

「気を落とすな。わたしはいそがしい公務の合間を縫って、あちこちの魔所を日々探訪している。洛中のみならず、洛外に足を運ぶことも珍しくない。それでも、いまだに真の怪異には遭遇できていないのだ。とはいえ、それで怪異がこの世にないなどという証明にはならない。だから、あきらめるな」

「いや、あきらめるも何も、鼻だけでなく首ものびたのだぞ」

宣能はそれを聞いても、さして驚くでもなく、繁成を振り返った。

「首がのびたそうだ。それはどう思う?」

「首がのびたぁ?」

繁成は面倒くさそうに顔をしかめた。

「見間違いだろう。怖い怖いと思うから、不埒者の顔をよく見ようと精いっぱい首をのばしただけのところを、そんなふうに見誤ったに決まっている」

宣能も同意見だったらしく、「だそうだ」と付け加える。

「そんな……」

雅平は言葉を失い、がっくりと肩を落とした。

宵闇に包まれた中では、何もかもがそらおそろしく見えた。だが、明るい昼間、複数の友人たちに囲まれて、やいのやいの言われると、勘違いだったのかという気にもなってくる。怪異を楽しむ特殊嗜好はなくとも、それはそれで寂しいものだった。

打ちひしがれる雅平の姿に同情した有光が、空気を変えようと質問してきた。

「ところで、後朝(きぬぎぬ)の文はちゃんと出したのかい?」

「ああ。少し遅れはしたが、出すには出した……」

この時代、夫婦が同居する以外にも、通い婚といって男が女の家を訪問し、夜をともに過ごしたあと、夜明け前に退出する形態も一般的に行われていた。恋人同士でもこれは同様で、その際、男は翌朝に女のもとに恋文を送っていた。これが後朝の文であった。

「昨夜のことは夢だったのでしょうか、現だったのでしょうかと書いた。姫からの返事はまだない……」

「うーん。内容が定番すぎたのかもしれないね」

ごもっともな意見に、雅平は言い返す気にもなれない。

恐怖に気を失い、意識を取り戻したときにはすでに上総宮の亡霊は姿を消しており、雅平の腕の中には眠る姫君のみがいた。おそらく、姫はあの鼻長の男に気づかなかったのだろう。目尻にうっすらと涙の跡が残ってはいたが、寝顔そのものは穏やかで愛らしくさえあった。

いつもの雅平なら、そこで改めて姫を口説きにかかっていただろう。しかし、このときの彼にそんな余裕もなく、急いでその場から逃げ出した。声かけもしなかったことをあとで心苦しく感じ、後朝の文だけは出したものの、正直、霊がおそろしくて姫のもとへはもう通えないと思っていたが……。

「姫もきっと、兄君たちが亡霊のふりをしていることを知っていたのだろうな。まさか、そこまで嫌われていたとは……」

雅平が苦々しげに心情を吐露すると、癒やしの君とも呼ばれる有光が、ゆっくりと首を横に振った。

「嫌われてはいないだろうよ。いろいろと援助してくれたありがたさを思うと、強くは拒めない。きっと姫君も兄君もそう考え、きみのほうからあきらめたくなるように、わざわざ手間をかけてくれたのではないかな？」

「わざわざ手間を……」

長い鼻が天井からぶら下がってきたのも、数瞬で天井から褥へと移動したように見せかけたのも、すべてこちらへの気遣いだったというのか。かなり苦しい解釈だが、雅平は自分の心を守るため、無理にもそう思うことに決めてつぶやいた。

「鼻長の亡霊は優しさの証しか……」

うんうんと有光がうなずく。繁成は首を傾げるも、あえて否定はしない。宣能は優しさうんぬんではなく、別の視点から残念そうにつぶやいた。

「しかしまあ、またもや真の怪ではなかったわけか」

求めても求めても得られぬ虚しさが、〈ばけもの好む中将〉の目の奥にたゆたう。その麗しい憂い顔が、意気消沈しているのは自分だけではないと思わせてくれて、雅平には少しばかりの慰めとなった。

何はともあれ、友人たちに話を聞いてもらえ、雅平もどうにか落ち着きを取り戻して御所を退出した。

邸に戻ったところで、「今宵はどちらにお渡りになります?」と従者の惟良に訊かれたが、すぐに返答できなかった。通いどころは複数あれど、そんな艶めいた気分には、まだなれなかったのだ。

「たまには月のみを相手にしっとりと飲むとしようか」

そう応えて、女房の小侍従に酒と肴を用意させた。単なる思いつきだったにしろ、自室の端近に座し、天空の月と宵の庭とを眺めながら飲んでいると、気持ちもより静まってくる。

雅平はしみじみとした心地で独り言ちた。

「そうか。すべては作り事であったか。鼻やら首やらがのびる亡霊は、どこにもいなかったのだよ……」

そのほうがいい。そのほうが平和だ。

有光によれば嫌われたというのとも違うらしいし、恋に破れたには変わりないとしても、よくあることだ、気持ちを切り替えて次の恋に邁進すればいい。まだ若いのだから、いたずらに嘆く必要はあるまい。――と、彼は自分に言い聞かせた。その一方で、

「しかし、あのままで上総宮の姫君は本当に大丈夫なのだろうか。わたしが気にするようなことでもないとはいえ、どうも心配になるぞ……」

明けがたに見た姫の寝顔を思い返しながら、未練たらしくつぶやく。もしかして、そ

の発言が呼び寄せたのか……。

視界の隅、火をともした燈台が置かれているあたりに、ぼんやりと人影が浮かびあがった。立烏帽子と松葉色の直衣をまとった、鼻の長い男がすわりこんでいたのだ。姫の肩越しに雅平をみつめていた、あの鼻長の男に間違いなかった。

雅平は手にしていた盃（さかずき）を取り落とし、ぐおっと声をあげた。

「まさか、まさかまさか、上総宮どのか？」

ぼんやりとした人影――上総宮の亡霊は、こくんとうなずいた。昨夜と同様に哀しげな表情をして、小さな目に涙をいっぱいにためている。

全身の輪郭はおぼろげで、背後に置かれた几帳がうっすらと透けて見えていた。明らかに生きている人間とは違う。出家した兄と家人の代役だの、米の粉の付け鼻だのでは説明がつかない。

「や、やはり本物……！」

雅平の手がぶるぶると震えてきた。震えはあっという間に全身に廻る。酔いのせいもあってか、足に力が入らず、逃げることも叶わない。

雅平は心底おびえ、息をあえがせていた。それでも、わが身を守るために何かせねばと、必死の弁解を試みる。いったん手を引くと決めた恋のせいで祟り殺されては、理不尽すぎて死んでも死にきれなかった。

「な、何をしに参られた。もしかして姫に近寄るなと念押しに来られたか。確かに後朝の文は送りはしたが、あれは礼儀のようなもので、わたしもこれ以上、姫に手出しをする気はもはやないぞ」

嘘ではなく本気で訴える。が、亡霊は消えてくれない。哀しげに雅平をみつめる目から、痩せた頬へと涙の粒がほろほろとこぼれ落ちていく。

「な、何が不満なのだ。添い寝だけで何もなかったのはご存じだろうに。姫にはもう関わらぬと約束するだけでは足りぬのか」

亡霊は眉間に皺を寄せて黙っている。結んだ薄い唇の下、顎にも丸く皺が寄っている。

「黙っていてはわからぬではないか」

どこかの変人とは違い、霊の言葉をあえて聞きたいわけではない。が、相手が消えてくれない以上、どうしようもない。

「大事な姫君に手を出しかけた不埒者を憎むのは、致しかたないとしても――」

謝罪の言葉を続けようとしたのに、上総宮はゆるゆると首を横に振った。遅れて長い鼻も左右に揺れる。

「えっ？　えっ？」

もしやと思いつつ、雅平は訊いた。

「祟りに来られたわけではないと……？」

上総宮がうなずく。

「では、なぜ」

亡霊は語らず、みつめるばかり。仕方なく、雅平は重ねて尋ねた。

「わたしを祟るつもりはない。憎んでもいない。なのにこうして幽冥の身を露わにしたのは、もしや姫との仲を認めてくださると……」

上総宮は困ったように小首を傾げた。姫との仲を認めるつもりはなさそうだった。

「では、どうして」

雅平が声をうわずらせて訊くと、上総宮は広袖を目尻に押し当てて、新たな涙をこぼした。その袖をもってしても、長すぎる鼻を完全には覆い隠せない。

ここで霊に湿っぽく泣かれても困る。雅平は駄目でもともとと、頭に浮かんだ質問をとにかく投げかけてみた。

「も、もしや、姫との仲を認めたくないものの、これで縁が切れてしまうのもどうかと迷っておられるとか？」

かの光源氏も、末摘花が期待はずれだったと判明したあとも、彼女の暮らしを経済的に支えている。そんな源氏の君のような奇特な振る舞いを求められているのか、まさかね、と雅平は内心、思っていた。

が、上総宮は途端に顔を上げ、うんうんとうなずく。長い鼻がわが意を得たりとばかりに、ぷるんぷるんと弾む。

さすがにそれはどうよと、雅平も言いかけた。

が、思い起こせば、彼自身が明言していたのだ。姫に対する想いは、世の好き者のごとき浮ついた気持ちではなく、純粋まっさら、清らか極まりない大情愛なのだと。

ならば、おのれがやるべきことは……。

「源氏の君のごとくに姫の援助をこのまま続けて欲しい、と――」

上総宮は瞳をいっそう潤ませて、じりじりと近寄ってこようとした。雅平はあわてて言葉を継いだ。

「わ、わかりました。お約束いたしましょう。もうこれ以上、姫にあだな恋を仕掛けはしないと。とはいえ、これも何かの縁。男女のことは一切なかったものの、一夜をともに過ごしたのは事実。だから……」

雅平はそこでひと呼吸入れ、腹をくくった。

「色恋は抜きで、純粋まっさらな気持ちで姫のお世話をいたします。どうか、わたしにすべてお任せください。あの邸で、姫がもっと快適に暮らせますよう、及ばずながらこのわたしが取りはからいましょうぞ」

源氏の真似をしようというのではない。が、こうしなければ霊は鎮まってくれないのだから仕方がない。祟り殺されるよりは遥かにましだ。

幸い、雅平には姫を支えられるだけの財力があった。なおかつ、高貴な姫君が拠り所を失って困窮しているのを知り、見捨てがたいと思ったのも本心ではあったのだ。

「わたしごときに大切な姫をお守りできるのかとお思いかもしれませぬが、どうか信じて託してはいただけませんでしょうか」

やけのやんぱちではあったものの、その対応で正しかったのだろう。少しの間のあと、上総宮はホッとしたような笑みを浮かべ、霞のごとくに消えていった。

雅平は全身の力を抜いて、大きく息をついた。おそるおそる燈台のそばに寄り、霊の痕跡はないかと見廻すも、何もみつからない。生きた人間が仕組んだからくりの跡すらない。本物の霊だったのだと認めざるを得ない。

「い、命拾いした……」

くり返し胸をなでおろしていたところに、小侍従が新たな酒を運んできた。

「失礼しますわね。そろそろ、お酒が足りなくなりはしないかと思いまして」

「ああ、いいところに来てくれた」

生きていること間違いなしの人物の登場に、雅平はいたく感謝しつつ、言葉を継いだ。

「実は、上総宮の姫君のことを考えていたのだが」

「あら。いまからでも、あちらへうかがいますか？」

「いや、そうではない。あのかたはとても内気で、わたしを本気で怖がっていた。これでは何もできないとあきらめ、結局、昨夜は琴を枕に添い寝をしただけで終わってしまったのだよ」

「はあ」

本当ですかと疑うようなまなざしを向けられたが、事実なのだから仕方がない。

「だからといって、このまま見捨てるのもいかがなものかとためらわれる……。というわけで、今後はあだめいた関係は望まず、遠い遠い親戚にでもなった気持ちで姫を援助したく思うのだ」

でないと、上総宮の霊に祟られてしまう。

そうとは知らず、小侍従は大きく目を瞠った。

「まあ、なんて御心の広いことでしょう。それが本当でしたのなら、姫さまも大層喜ばれますわ」

「本当だとも。天地神明に懸けて誓うよ。そんなわけで、姫に新たな贈り物を——仕える者たちの装束やら季節の味覚などを、むこうの負担にならぬ程度に送り届けてはくれないか」

「わかりましたわ。では、さっそく手配しておきましょう」

小侍従は酒器を置くと、小走りに退室していこうとした。が、妻戸の手前で足を止め、いたずらっぽい表情で振り返る。

「さすがは雅平さま。まさに光源氏の再来ですわね」

からかわれているのか、褒められているのか。おそらくは後者だろうと信じて、雅平はふっと微笑んだ。

「それはもう、わたしは今源氏と噂される身だからな」

そういうことにしてしまえば、八方が丸く収まる。祟られずに済む。

小侍従はころころと笑いながら去っていく。独りになった雅平は、何もない虚空に向かって呼びかけた。

「これでよろしいのでしょう、宮さま」

上総宮の霊に念押ししたつもりだったが、返事はない。あったらあったで、おそろしさのあまり気を失っていたかもしれない。

雅平は震える手で盃に新たな酒を注いだ。揺れる盃の中に月が映りこむ。彼はその月ごと酒を一気に飲み干し、はあと大きくため息をついた。

「光源氏になったと思えば悪くない……。悪くないさ」

それは強がり半分、本音半分のつぶやきだった。

コラム1 末摘花のこと

『源氏物語』の末摘花は亡き常陸宮の姫君で、皇族の血をひく高貴な生まれ。なのに、物語中の扱いはぶっちゃけ、よろしくない。

当時の美人の条件は、髪が長い色白のふっくらさん。末摘花は髪こそ豊かであったものの、食べるものにも困って非常に痩せており、座高が高くて胴長で、極めつけ鼻があきれるほど長く、垂れた先端は赤く色づいている。しかも、世間からずっと距離をおいていたため、気の利いたやり取りなどできるはずもない、超のつく恥ずかしがり屋さんだ。

それでも、光源氏と契りを結んだあとは、なんとか歌をひねり出したし、彼のために正月用の装束を贈ったりと、さらにがんばった。たとえ、作った歌が古くさく、用いた紙が厚ぼったくて恋歌向きではない品だったとしても。たとえ、贈った装束が耐えがたいほど古びた薄紅色の単衣に、表裏ともに真っ赤っかな直衣といった、とんでもないコーディネートだったとしても。

わたしは思うのだ。おそらく、末摘花は自分こそが光源氏の正妻だと信じていたのではないかなぁと。

源氏の最初の正妻・葵の上は、左大臣家の姫君。その葵の上が没してからは、紫の上が正妻格だった。が、紫の上は兵部卿宮の娘であっても正室腹ではなく、光源氏との結婚も、十歳のときに彼に連れ出され、いつの間にか妻の座に据えられていたという曖昧なもの。さらに言うと、源氏には他にも複数の妻がいたのだが、朱雀帝の娘・女三宮が輿入れしてくるまでは、皇族出身の姫君は末摘花だけだった。

ならば勘違いもするであろうし、それを指摘する者も彼女のまわりにはいなかったに違いない。受領と結婚した末摘花の叔母はまさに、ズバーッと言ってくれるタイプで、現に「そうやって源氏の君を待っていても無駄ですわよ！」とやらかしてくれたのだが、そういう人物は『源氏物語』の中ではたいてい悪者にされている。

いまも昔も、事実をズバズバ言うよりは、曖昧にして微笑んでいることが尊ばれる文化、なのかもしれない。それがいいかどうかは、ともかくとして。

末摘花にしてみれば、「わたくしは光る君の正妻。その証拠にあのかたは、柳の織物に唐草模様が乱れ織りされた、こんな素敵な装束を贈ってくださったわ……」となるのだろう。源氏に始終苦笑いされ、ピエロ的な役割を担わされているが、いくつになっても夢見る乙女のような彼女が、わたしには愛おしく感じられるのであった。

廃屋での逢瀬、とくれば夕顔

初秋の夜。空気は澄んで、月の輝きをより際立たせてくれている。

宰相の中将たる雅平は、とある邸の門前に牛車を停めて、先触れに出した従者の惟良が戻ってくるのを待っていた。

このところ間遠くなっていた恋人のもとに、いきなり訪れて相手を驚かそうと思い立ったのだ。きっと彼女は喜んでくれるに違いない。もしかしたら、「いまさら何をしにいらしたの？」とつれない素振りを見せるかもしれないが、それもおそらく最初だけ。言葉を尽くせば、優しくて愛情深い恋人はきっと許してくれるだろう。

――と想像し、雅平は車内で扇を揺らしつつニヤついていた。しかし、惟良はなかなか戻らない。さすがに雅平が心配し始めた頃、やっと惟良が彼のもとに戻ってきた。なぜか女をひとり連れ、困惑した様子で。

女のつんととりすました顎の細い顔に、雅平は見おぼえがあった。恋人の家の女房だ。確か、少将と呼ばれていたなと思い出しつつ、雅平は牛車の御簾を上げて問うた。

「どうされたかな？　ええっと、少将の君？」

少将は一介の女房に過ぎないおのが名を雅平が記憶していたことに驚いたのか、一瞬、たじろぎ、急いで一礼した。

「ようこそ、おいでくださいました。けれども、間が悪うございましたわ」

「間が悪い」

もしや、すでに新しい恋人ができて、その者が来ていると、そういう残念な展開なのかと雅平は危ぶんだ。しかし、少将の返答は違った。

「今宵は方角が悪いと陰陽師の占いに出ましたので、ご主人さまは隣の家にいままさに移ろうとしていたところでした」

「隣の家？」

雅平は首をのばして隣の家をうかがった。月明かりに照らされた隣家は見るからに荒れていて、ひとの気配もない。

「あれは空き家ではないのか？」

「ええ。長くお住まいだったかたが去年の春に亡くなって、以来ずっと空き家になっております。ですが、そのかたの御子息が近くに別の家を構えていまして、こたびの方違えも御子息に了承済みですわ」

方違えとは、陰陽師の占いによってはじき出された凶の方角を避けるため、あえて吉方の場所でひと晩過ごすことだった。

「このところ都も何かと物騒なので、空き家のままにしておくよりは、むしろ使ってくれたほうがありがたいとおっしゃられて。なんでも、もう十年以上も昔になりますが、夜盗に入られたことがおありだとか。大事には至らず、逃げた夜盗もすぐに捕まったそうですが、そんなことがあったせいか、たいそう心配しておられました。実際、空き家にしている間になくなった品もあるそうで……。という次第でして、お隣の家でもよろしければお逢いになれますが、いかがいたします？」

ふうむとうなって、雅平はもう一度、隣の家に目を向けた。

門のむこうに見える屋根やのびた庭木の感じは、上総宮の邸にも似ている。こういった、住む者もなく荒れたままになっている家屋は、洛中でも珍しくなかった。

「まあ、せっかく来たのだから……」

このまま帰るよりはましか、と心の中でつぶやいて、少将には「わかった。では、お隣の邸でお逢いしよう」と応える。

「では、そうお伝えして参りますわね」

少将が主人のもとへ引き返してから、雅平は従者の惟良に言った。

「やれやれ、陰陽師の戯言など気にすることはないのに。ほら、少し前にもあったではないか。陰陽師から言われ、いつもとは違う道すじを通ったら、牛車がぬかるみにはまって難儀したことが」

「はいはい。それが上総宮の姫君のもとに再び通い始めるきっかけともなったのでしたね」

惟良は途端に、にこにこと笑顔になった。

「まるで『源氏物語』の末摘花の君のようだ、宰相の中将さまはいまの世の光源氏そのものだと、わたしも噂に聞きましたよ」

思いがけず、従者の口から世間の噂を聞いて、雅平は目を瞠った。

困窮していた上総宮の姫君の援助を始めたのは事実。ではあるが、そこに姫の父宮の亡霊が関わっていることまでは、世に知られていない。

いやむしろ、霊に脅されたから、いやいや姫の世話をしているのだと広まっては、さすがに外聞が悪い。それよりは今源氏と持ちあげられるほうが気分もいいと、雅平もあえて口をつぐんでいたのだ。その効果がこうして顕れるとは……。

すっかり気をよくした雅平はふっと笑みを刷き、意味なく髪に手をやった。

「いや、まあ、光源氏は少し大袈裟だな。そう言われるのも無理はないのだが」

結局、認めて悦に入る。

かくして、彼は恋人とともに隣の廃屋に上がりこむこととなった。

入ってみると敷地も広く、去年まではひとが住んでいたからか、上総宮の邸のほうが荒れようは上だった。それでも、さすがに薄気味悪く、あまり奥にまで踏みこむ気はしない。

「置いてある調度品は好きに使ってくれて構わないと言われましたけれど、たいした物は見当たりませんわね」

少将はそんなことを言いながら、いったん隣に戻り、薄縁を持ち出してきた。雅平はその薄縁を廂に敷かせて、恋人と腰を下ろす。

恋人は中流貴族の娘で、一時期、宮廷女房として宮仕えに出ていたことがあり、そこで雅平と知り合ったのだった。その後、別の男との結婚を機に、彼女は宮仕えを引退したが、しばらくして夫とは別れてしまった。そんな噂を聞きつけて、雅平は彼女のもとに通い始め、以降、気兼ねなく話せる相手として付き合いが続いている。

ふたりして廂から望む庭は、木々がどれも勢いよく生い茂りすぎて森のようだった。下草は簀子縁の階を呑みこもうとせんばかりに邸に迫っている。

目を楽しませてくれるような光景ではなかったので、せめて月の光を少しでも多く室内に取りこもうと、蔀戸はすべて上げておく。おかげで虫の声がよく響いて、まあ、こういうのも悪くはないさと、雅平は非日常を前向きに楽しむことにした。

少将は甲斐甲斐しく酒器を運び、従者たちにも酒を振る舞ってくれた。最初こそ、空き家の薄気味悪さにびくついていた従者たちも、気をまぎらわせてくれる酒をありがたくいただく。

雅平もいい具合にほろ酔い気分となって、恋人の肩を抱き寄せた。

「こういうところでゆったりと過ごすのも悪くはないものですね。まるで『源氏物語』

の夕顔の話のようだ」

恋人も嬉しそうに言った。

「まあ、中将さまもそう思われました？　……でも、物語の中で夕顔の君は残念なことになるのですよね」

笑顔から一転、彼女はおびえる素振りを見せた。

物語では、光源氏はおのれの素性を明かさぬ謎めいた女、夕顔と深い仲になる。危うい恋に入れこみやすい気質の源氏は夕顔を熱愛するも、彼女のほうは依然としてとらえどころがない。どうやら、友人の頭の中将の元恋人だったらしいと知って、源氏はますます彼女にのめりこむ。

なんとか夕顔の気を引こうと、源氏は荒れ果てた廃院にて夜を過ごそうと彼女にもちかける。夕顔は怖がりつつも強くは拒まず、結局、ふたりは廃院にて夜をともにする。すると、就寝中に女の物の怪が源氏の枕もとに立って恨み言を言い募る。ハッとして源氏が目醒めれば、物の怪の姿はなく、代わりに夕顔が息絶えているのであった。

雅平の恋人は全体的にふっくらとして健やかそうで、突然、はかなくなりそうにはとても見えない。なので、彼も気楽に、

「あなたは夕顔のようなことにはならないと思いますが……。そうですね、ではこれからは物語に因んで夕顔の君と呼びましょうか？」

「まあ、素敵。そんなにはかなげに見えますのね、わたし」

手放しで喜んでいるさまがかわいらしく、雅平も嘘も方便とばかりに「ええ、ええ」と重ねてうなずいた。

「ですけれど、物の怪にとり殺された夕顔の名をそのまま使うのもどうかしら。不吉ではありません？」

「なるほど。では、昼顔の君では？」

「まあ、素敵。嬉しゅうございますわ、中将さま」

いきなり抱きついてきた昼顔を、雅平も笑顔で受けとめた。押しつけられてくる胸の柔らかさに、目尻も下がる。場所の不気味さも忘れ、いざ甘美な時間をと、彼女に口づけようとしたそのとき。

部屋の奥で、がたんと物音がした。

少将が主人の心配をして様子を見に来たのだろうか。気が利かないなと、雅平はムッとしつつ、奥へと目をやった。

しかし、がらんとした室内にひとの気配はない。物音も一度きりで、しんと静まり返っている。

「中将さま？　どうかなさいまして？」と、昼顔が甘え声で尋ねる。

「いま、奥で妙な音が……」

「何も聞こえませんでしたわよ」

「そ、そうか？」

聞き間違いだったかと思い直し、雅平は改めて昼顔を抱きしめた。ただし、耳だけはまだ奥のほうに向けている。

（そういえば……、廃屋に一夜の宿をとり、そこで奇妙な体験をしたという話を〈ばけもの好む中将〉の宣能（のぶよし）もしていたな……）

思い出したくもない怪談を、こういうときに限って思い出してしまう。そこから派生し、

（去年、亡くなったというこの家の主人が「わが家で何をなさっておいでですか」と文句をつけに現れたら、いかがする……）

と、まだ起きてもいない事態を心配し始める。

（いやいや、生きている者が死んだ者に遠慮してどうする。それに、陰陽師の占いに従ってこちらの空き家に移ったのだから、凶事など起きるはずがないではないか）

そう考える一方で、

（だが、この間は陰陽師の占いに従ったがために、厄介事に巻きこまれたわけで。いやいや、上総宮の姫が厄介だと言っているのではないぞ。存外に愛らしい姫だったし、過去の報われなかった恋がやっと結実したのだと考えれば悪くないとも。今源氏との評判

にも繋がったのだし。まあ、望んでいた形とは相当、だいぶ、かなぁり違ってはいたがな……）

ぐだぐだと考えているのが伝わったのか、腕の中の昼顔が「中将さま？」とかわいらしく呼びかけてくる。おっと、いけないと、雅平は瞬時に気持ちを切り替え、彼女に熱くささやきかけた。

「わたしの昼顔の君……」

吐息混じりのその言葉に重なって、ぎいっ……と奥で物音が響く。

雅平は素早く後ろを振り返った。昼顔も釣られて、彼と同じ方向をみつめる。

部屋のずっと奥は、壁で仕切った塗籠に隣接していた。さっきまでは閉まっていたはずの、その塗籠の扉が軋みつつ、ゆっくりと開いていく。

雅平の総身に震えが走った。すぐにも逃げ出したかった。が、恋人の手前、みっともない姿は見せられないと、なけなしの勇気をふりしぼって彼は問うた。

「誰かいるのか」

次の瞬間、塗籠の妻戸が全開になった。板戸は勢いよく柱にあたり、ばんっと大きな音をたてる。

突然のことに、昼顔はきゃあと悲鳴をあげて失神した。力の抜けた身体をぐったりと雅平の腕に預け、それきり動かない。

「えっ？　昼顔？　もう気を失って？　早っ」

すぐさま、この場から逃げ出したかった。しかし、気を失った昼顔を置き去りにするわけにもいかない。

雅平は歯を食いしばり、よいしょっと両腕に昼顔を抱えあげた。そこまではよかったのだが、ふくよかな昼顔の重みによろけたうえに、彼女の衣の裾を踏んでしまい、派手に転倒してしまう。

あいたたたとうめいているところへ、今度は廂の端から大勢の足音がばたばたと接近してきた。変事に気づき、離れたところに控えていた従者たちが駆けつけてきてくれたのか、と雅平は期待した。だが、違った。

廂の間を駆けてきたのは、すねから下の巨大な足だった。それも、何本も。あまりに巨大すぎて、膝は天井ぎりぎりに迫っている。

六、七人分はあっただろうか。どれもむさ苦しい男の足で、太さはさまざま、すね毛の密集度もそれぞれ違っている。

違っているからいいというものではない。

どう見ても、これぞ物の怪に相違なかった。

あまりのことに、雅平はひゃあと声をあげ、昼顔とともにあっけなく意識を失った。

すねから下の巨大足群は、昏倒(こんとう)した雅平と昼顔の脇をどたどたと通り過ぎていく。目などこにもないのに、雅平たちを踏みつけることもなく、廂から簀子縁に出て、そのまま夜陰に消えていく。

主人の悲鳴に気づき、従者たちがあわてて駆けつけたときには、もはやどこにも、むくつけき足の群れの痕跡は残されていなかった。

そんな奇妙な出来事があった数日後――

雅平は絶対に来たくなかった例の空き家を、再び訪れていた。

無論、いやいやだった。明るい昼間でなかったら、とても再訪などできなかったろう。かの昼顔の君にも、とりあえず文（ふみ）は出しておいたものの、しばらくは通えないなと残念に思っていたところだったのだ。

なのに、こうして空き家の草深い庭に立っているのは、〈ばけもの好む中将〉の宣能に「例の空き家に、わたしといっしょに来てくれないか」と強く求められたからだった。

「なぜ？　どうして？　場所は教えるから勝手にひとりで行ってきてくれと、この間も話したではないか」

「ああ。だから行ってきた。昨日の夜、右兵衛佐（うひょうえのすけ）とともに」

従者でさえも宣能の怪異探しに同行するのは厭（いや）がっていた。それでも、彼はめげずにひとりで魔所をめぐっていたのだが、断るに断れない気弱な同行者をみつけて、いまではもっぱら、その右兵衛佐と夜歩きをしている。

そうやって、すでに夜、空き家を訪ねたはずなのに、なぜまた行かねばならないのか。その理由を、宣能は確かめたいことがあるのだと雅平に説明した。

「で、何を確かめたいのだ？」

さっさと済ませたい。そう思う一方で、雅平も好奇心がなくはない。落ち着かない雅平に対し、宣能はいたって冷静に、視線をすうっと妻戸のほうへと動かした。

「うん。昨夜、わたしと右兵衛佐は、そこの妻戸のすぐ内側に薄縁を敷いて、月を眺めることにしたのだよ」

語りながら簀子縁に上がり、妻戸を押す。ぎいっ……と軋みながら戸は開いた。邸内は昼間だというのに薄暗い。

宣能がためらわずに中の廂の間へと歩を進めるので、雅平もおっかなびっくり、あとについていった。

中はあいかわらず、調度品もなく、がらんとしている。ただし、数日前に雅平たちが滞在した際、いちおう掃除がされたため、荒れた印象はない。いずれは貸家にでもするつもりなのかなと雅平は想像した。物の怪が出る邸だと噂になれば、借り手もなかなかつかないだろうが……。

「わたしと右兵衛佐がいたのはこのあたりだ。きみは？」

尋ねながら、宣能が廂の間の床を指差す。雅平もうなずきつつ、

「同じだよ。そこにすわって、女房の少将が持ってくる酒を嗜みつつ、昼顔の君と月を眺めていた」

「昼顔の君ねえ。まあ、廃屋での逢瀬となると、『源氏物語』の夕顔を連想するのが当然というか、それしかないというか」

発想がありきたりだと言われたような気がして、雅平は少しムッとした。

「いやいや、夕顔の君と呼ぶと験が悪いから、あえて昼顔の君と呼ぶことにしたのだ」

「ふむ。昼顔も夕顔もなよなよとして、つい手をさしのべてやりたくなるようなか弱い花だ。きみの昼顔の君もそんな雰囲気のかたなのかな？」

「いや、どちらかというと明るくて健やかで楽しいかただよ。口うるさい女房が張りついていて、いつもたしなめられているが、あまり気にしたふうもなく、そこがまたかわいらしいというか」

「なるほど。で、わたしは右兵衛佐とそこに座していたわけだが」

他人の恋愛には興味がないとばかりに、宣能はさっさと話をもとに戻した。

「あちこちで耳にした怪異譚の数々を披露しながら、わたしは物の怪出現を右兵衛佐とともに待っていたのだ」

「地獄のようだな」

雅平の正直な感想を聞き流し、宣能は話し続ける。

「右兵衛佐は怖がりながらもわたしの話に付き合ってくれて、時は楽しく過ぎていったよ。それはそれでよかったのだが、ここでの変事はなかなか起きてくれない。待ちくたびれて、少しうつらうつらしていた頃――ようやく、がたがたっと不審な物音が聞こえてきた。それも、塗籠のほうから」

宣能が奥の塗籠を振り返って、びしりと指差す。塗籠の扉は閉ざされ、微動だにしていなかったが、雅平はあの夜の怪事を思い出し、ぞくりと身震いした。

「つ、つまり、出たのか?」

「わたしはそう期待して、塗籠の扉めがけて走り出した」

そのときの再現をするように、宣能は軽い足取りで塗籠に近づいていく。雅平は、うわっ、うわっと声をあげながら友人のあとに続いた。

「扉のむこうからは、がりがりと床板をひっかくような物音が。ああ、ついにわたしは怪異と遭遇したのだと、歓喜に震えつつ扉を開いた」

ばんっと勢いよく、宣能が塗籠の扉をあける。ほこりが舞いあがり、不快なにおいが鼻をつく。雅平は鼻に袖を押し当てつつ、宣能の肩越しに塗籠の中を覗(のぞ)きこんだ。

「なんだ、このにおいは」

「黴と、あとは獣のにおいだね」

「獣？」

　宣能はすたすたと塗籠の奥に進んでいく。雅平には中にまで踏みこむ勇気はなく、かといってそこから離れる気力もなくて、塗籠の出入り口で立ち尽くした。

「……何を探しているんだ？」

「きみに説明するために、わかりやすい手がかりはないかと思ってね」

「わかりやすい手がかり？」

「ああ、あった。ほら」

　宣能はさっと屈みこみ、床から何かを拾いあげた。遠目には綿ぼこりのように見えた。

「綿ぼこり……じゃないのか？」

「狢の毛だよ」

「狢の毛？」

　狸の別称ともされる狢だが、その正体はアナグマである。両者はよく似ており、混同されやすい。見分けかたとして、狸は目のまわりが丸く黒く、アナグマは目の上下に縦の黒線が走っている。

　雅平はおそるおそる塗籠の中に進み、宣能が手にしている白っぽい毛の塊を間近でしげしげと眺めた。獣の毛で間違いはなさそうだが、それが狢の毛か、犬の毛なのかの見分けまではつかない。

「狢だとよくわかるな」

「そりゃあ、見たからね」

「見た？　狢を？」

「ああ。右兵衛佐とともに怪異の出現を待っていて、塗籠から物音がしたから喜び勇んで近づいていったら、かわいい狢と遭遇したよ。むこうはびっくりして奥に逃げこんでね。ほら、あそこ、壁際の板がはずれて床下が覗いているだろう？」

宣能が顎で差した隅は、彼の指摘通り、床板がはずれていた。

「あの隙間から床下に逃げていったよ」

雅平は「ほう……」と気の抜けた返事をした。まだよく事態を理解していなかった。

「ええっと、つまり？　狢というと、狐（きつね）や狸のように、ひとを化かすというあの狢か？」

「あの狢だね」

「では、わたしは狢に化かされていたというのだな？」

宣能は首を傾（かし）げた。

「そういう解釈もできるだろう。けれど、この空き家の塗籠を狢がねぐらにしていて、獣が騒いだその音を、きみが怪異と勘違いしたと考えたほうがしっくりくる気はするよ」

「怪異と勘違い……。いやいや、狢なら立派な怪異だろうに」

「確かに、昔から、狐やら狸やら狢やらに化かされたという話は多い。けれどね、野山でばったり遭遇する野生の彼らを見ていると、本当にひとを化かしたりできるのか、疑問に感じざるを得なくてね」

「〈ばけもの好む中将〉がばけものを信じないのか？」

「信じる信じないではないよ。獣の化かし関係はわたしの好みから少しはずれるというか。死霊（しりょう）とか生霊（いきりょう）とか鬼とか天狗（てんぐ）のほうが、もっとずっとわくわくするというか」

今度は雅平が首を傾げる番だった。

「……よくわからないが、痩せている女人よりはふくよかなほうが好みだとか、そういった感じが怪異に関してもあるのだな」

宣能はくすっと笑った。

「そう言ったほうが理解しやすいなら、そうしておこうか」

「そうしよう、そうしよう」

手にした狢の毛に、宣能がふうっと息を吹きかける。白い毛の塊はゆらゆらと揺らめきながら床に落ちていく。そのゆったりとした動きを目で追うだけで、雅平の気持ちも自然と落ち着いていった。

「――つまり、塗籠の物音は獣がたてたもので、物の怪のしわざではなかったのだな」

「ああ、残念ながらね」

「いやいや、残念ではないだろう。物の怪などいないほうがいいに決まっている」

口にしたあとで、そうは思わない奇人が目の前にいたなと思い出したが、雅平はあえて訂正しなかった。

「まあ、では、昼顔の君にもさっそくこのことを教えて安心させ……」

「だが、それにしたところで、すべての謎が解決したわけではない」

宣能に指摘され、雅平はハッとし、表情を強ばらせた。

「そうだった。わたしはこの目で見たのだ。数多の巨大な足がこちらに向かって駆けてくるところを！」

そのときの光景を、雅平はありありと思い描くことができた。

すねから下だけの何本もの巨大な足。どれもむさ苦しい男の足で、すね毛のまばらな生えようまで眼に浮かぶ。どたどたとにぎやかに迫り来る足音も、耳に甦る。

「そう。塗籠の物音の正体が狢だったとしても、巨大足群の説明がつかないのだよ」

「だから、狢が化かしたのではないか？　そう考えれば、説明がつくじゃないか」

「だが、それも早計な気がしてね……」

「何が早計だ。鬼も狢も等しく好めばよいではないか。わたしは痩せているよりも、ふっくらとした女人のほうが好みといえば好みだが、痩せ体型もけっして嫌いなわけではないのだぞ」

おのれの好みを例に出して説得を試みるも、宣能は納得しない。

「とりあえず、検証をしてみたいのだよ。足の群れを見たとき、どんな状況だったのか、もっと詳しく教えてくれないか」

そのこだわりにあきれはしたものの、雅平もここまで付き合ったのだからとあきらめ、宣能の要請に従った。

「……そうだな。先ほども言ったが、わたしはあのあたりに昼顔の君とすわっていてだな」

雅平は廂の端に戻り、床を指差した。宣能はふむふむとうなずき、その周辺を熱心に観察する。

「昼顔の女房の少将が酒を出してくれて、わたしも昼顔もほろ酔い気分になっていた折も折、妙な物音がして、塗籠の妻戸が勢いよく開いた。わたしも驚いたが、昼顔のほうが早々に失神してしまってね。まさか、彼女を置き去りにして逃げるわけにもいかないので、わたしはこんなふうに両腕に彼女を抱きかかえた。急いで、この場を離れようとしたのだが、まあ、なんだ、その、酔いのせいもあってか少しばかりよろけてね。さらに運悪く、昼顔の衣の裾を踏んでしまい、転んでしまったのだな」

「転んだ。どういうふうに?」

「どういうふうにって……」

雅平は両腕を前にのばし、恋人を抱きかかえている様子を再現してから、ばたんと派手に転んでみせた。床に仰向け(あおむ)になった彼のすぐ隣に、宣能も同じように寝転がる。

「痛みにうめいていたところに、むこうから足音が聞こえてきてだな……」

転がったまま、雅平は首を曲げて廂の間の奥に目を向ける。宣能もそれに倣う。

「どたどたと、それはもう、にぎやかな足音とともに、むくつけき足の群れが迫ってきたのだよ」

すごい光景だったなと、身に鳥肌を立てながら雅平は思い返す。

「それでびっくり仰天して気を失ったのだ。次に気づいたときには従者たちに囲まれていて、巨大な足の群れはどこにもいなかった。従者たちも、昼顔の悲鳴を聞いて駆けつけたのであって、巨大な足など見てはいないし、自分たちの足音以外は耳にしていないと口々に言っていてだな」

「自分たちの足音以外……」

宣能は何事かを思案するように、切れ長の目をさらに細めた。

「そうか。こうして寝転がって耳を床につけると、足音も実際より大きく聞こえそうだな」

「ん？　だから、なんだと？」

「だから……、そうだな。いつだったか、校書殿(きょうしょでん)で話した三善(みよし)の宰相の怪異譚をおぼえているかい？」

「なんだ、突然」

　戸惑う雅平に構わず、宣能は言葉を続けた。

「ほら、物の怪が出るという噂のある古家で、三善の宰相が怪異に遭遇した話だよ。最初は、天井の格子のひと枡(ます)ひと枡に違う顔がはまって、こちらを見下ろしていて、次には身の丈一尺ほどの者たち四、五十人ばかりが馬に乗って現れ、廂の間を駆けていったという——」

　宣能はゆっくりと半身を起こし、真顔で雅平を振り返った。相手の目の冷徹さに雅平はたじろぎ、声をうわずらせる。

「そ、それが何か？」

「うん」

　宣能は自身のこめかみに指をあてがい、淡々と告げた。

「わたしは思うのだけれどね、きみの頭の片隅にその話の断片が残っていて、廃屋での怪異という共通点から、無意識のうちに二度目の怪異を思い出し、現実の光景とまぜこぜにしてしまったのではないかな？」

「はあ?」

雅平も身を起こし、語気を強めて言い返した。

「なんなんだ、その解釈は。勝手に決めつけるな。第一、いまのいままで、三善の宰相の話などきれいさっぱり忘れていたのだぞ」

「忘れていたはずの事柄が、些細なきっかけで甦ってくることはままある。本当は生じていなかった出来事を真実と見紛うこともある。しかも飲んでいたのだろう?」

「あ、いや、ああ、それは……」

宣能の楽の音のごとき低き声で言われると、雅平も抗弁しにくくなる。ましてや、飲酒のことを持ち出されるとなおさらだった。

「では、塗籠の物音だけにとどまらず、巨大な足の群れも酔いが見せた幻に過ぎなかったと? いいのか、それで? きみは、ばけものを好んでいるのではなかったのか?」

「好んでいるとも。だが、妄信するつもりはないんだ」

「……細かいなぁ」

雅平は額を押さえて、しばしうめいた。ここで宣能の説を認めてしまうと、いままで騒いでいた自分が馬鹿らしく思えてしまう。かといって、本物の物の怪にこの先もつきまとわれ、祟られるのも御免だった。

「ま、まあ、いいか。わかったよ。廃屋に物の怪はいなかったのだ。物音は廃屋を根城にしていた獣のせい。巨大な足の大群は、酔っぱらいの勘違いだった。それでいいさ。『源氏物語』の夕顔と違い、昼顔の君も命まではとられなかったわけだし……」

不満を隠せず、ぐちぐちと言い募る雅平を放置して、宣能は再び廂に寝転んだ。

「おい、聞いているのか？」

「聞いているよ」

友人の気のない返事に、雅平は顔をしかめつつも釣られて隣に寝転んだ。

草木が鬱蒼と茂る庭を、小鳥の群れが楽しげにさえずりながら通過していく。風に揺れる梢の葉の影が、簀子縁の階の上でちらちらと動いているのも興深く、夜とは全然違う場所のようだ。

しばらくして、宣能が天井を見上げたまま、口を開いた。

「廃屋の逢瀬といえば、やはりどうしても夕顔を思い出すな。——宵を過ぎ、光源氏が夕顔とともに少し眠りかけていると、枕もとに美しい女が現れ、こう言ったと物語は語る。『おのが、いとめでたしと見たてまつるをば、尋ね思ほさで、かくことなることなき人を率ておはして、時めかしたまふこそ、いとめざましくつらけれ』……」

わたしが立派なかただとお慕いしているのに訪ねてくださらなくて、こんなたいしたこともない女を連れ出し、寵愛されるとは、本当に心外でつらいことです、との恨み言を言われたのだ。

「ああ、うん。そのくだりは知っているとも。源氏がハッと目を醒ますと、枕もとの女はいなくなっていた。共寝していた夕顔は急に具合を悪くした挙げ句、ついには命を落としてしまう……」

言いながら、雅平は背中がぞくぞくするのを感じた。

廃屋で迎えた夜に、いっしょにいた女が急死する。そんな不吉な事態に自分が巻きこまれたらどうしようと、場所が場所なだけに、妙に生々しく想像してしまう。幸いにして、彼の昼顔の君は気を失っただけだったが……。

「その物の怪だが、世間一般では、六条御息所(ろくじょうのみやすどころ)の生霊だったというのが定説になっているようだな」

と宣能に言われ、雅平は眉間に皺(しわ)を寄せた。

「違うのか？　だって、物の怪は明らかに夕顔に嫉妬していたじゃないか」

「物語では、枕もとに現れた物の怪を美しい女だったと述べるだけで、六条の名は出していない」

紫式部(むらさきしきぶ)が生み出した理想の貴公子、光源氏には大勢の恋人がいた。

その中のひとり、六条御息所は年上で才気あふれる高貴な女性として描かれている。一方で、源氏は彼女との関係を堅苦しい、窮屈だとも感じていた。だからこそ、気のおけない夕顔との恋にのめりこんでいったとも言える。

「源氏の恋人に祟る物の怪といえば、六条御息所だとばかり思っていたよ。だって、源氏の正妻の葵の上の命を奪ったのも、六条だったろう？」

葵の上と六条御息所の間には、妻と愛人といった関係に加え、確執があった。賀茂祭の行列を見物するために牛車を停車させる場所を、葵の上の従者と六条の従者とで取り合いになり、乱闘騒ぎが起こったのだ。

力ずくで押し出されたのは六条側で、このことは気位の高い彼女をひどく傷つけた。さらに葵の上は源氏の子を懐妊中でもあり、繊細な六条はさらに心乱れてしまう。

いよいよ出産となった葵の上は、さまざまな物の怪に苦しめられる。当時、出産の際には物の怪が、子や妊婦を狙って寄ってくると考えられていた。

調伏のため、僧侶たちによる加持祈禱が執り行われるも、どうしても葵の上から離れない物の怪が。それこそが六条御息所の生霊であった。

だからなのか。難産の末、子は無事に誕生したものの、葵の上はその直後にはかなくなってしまうのだった――

「うん。葵の上を死に至らしめたのは、六条御息所で間違いあるまいね。『源氏物語』にも、物の怪に苦しむ葵の上の声や姿が、六条のそれに変わったように源氏の目に映ったといった描写があるし」

そして、六条の生霊は葵の上の口を借りて詠う。

なげきわび空に乱るるわが魂を
結びとどめよ　したがひのつま

嘆きながら虚空をさまようわたしの魂を、衣の前合わせの褄の紐で結んで引き止めてください、あなた――との意味だ。この歌はのちの世で、人魂を目撃した際の魔よけの歌ともされた。

「そうだった、そうだった。それと、あれだ。六条の装束に、調伏の護摩を焚く際に用いる芥子の香りが染みついて、着替えても、髪を洗っても香りがとれないという描写もあったな。あれは怖かった。いかにも、当人が意識しないうちに魂が抜け出ていった感があって」

「『御衣などもただ芥子の香にしみかへりたり』だな」

物の怪や生霊が活躍する場面がお気に入りなのだろう、宣能は嬉しそうに『源氏物語』の文章をそらんじてみせた。

雅平もかつて、その場面をどきどきしながら読んだものだった。実話の怪異は苦手でも、『源氏』は架空の物語であったから、適度な距離をおいて楽しむことができたのだ。

「というわけで、葵の上を殺したのは六条御息所の生霊でほぼ確定だ。では、夕顔は？

それも六条が為したことだと世間ではみなされているが、本当にそうだったのか？」

「違うとでも？」

宣能は唇の片端をほんの少し上げた。

「誰が夕顔を殺したか。『それはわたし』と物の怪が言った――では、その物の怪の正体は？」

歌うようにつぶやいてから、宣能は続けた。

「源氏は、廃屋で枕もとに立った女のことを、六条だったとは言っていない。それに、『おのが、いとめでたしと見たてまつるをば、尋ね思ほさで』の文章も、『わたしが立派なかただと思っているかたを訪ねてくださらなくて、こんな女と』と読むことができる」

「え？　え？」

雅平は混乱して目を幾度もしばたたいた。

「ええっと、つまり、わたしが立派だと思っているかた、つまり六条御息所をないがしろにしてとんでもない、と物の怪が言ったと？」

「うん。そう読めなくもないね」

「じゃあ、じゃあ、物の怪の正体は、六条に仕える女房の生霊か何かか？」

「六条とは限るまい。この時期、源氏には六条以外に正妻の葵の上がいて、未来の妻となる若紫を別邸で養育中で、心は義理の母の藤壺の女御にあり、他にも末摘花、花散里といった恋人がいて、朝顔の斎院も熱心に口説いていた。上級女官の源典侍のもとにも通っていたし、人妻の空蝉とも関係があった」

「つくづく遣り手だなぁ」

自身も常時複数の恋人を抱えていながら、雅平は心底うらやましそうに言った。

「つまり、夕顔を妬んでいた者は大勢いたのだな」

「ところが、そうとも言えないのだよ」

「おいおい、どういうことだ」

「六条御息所は亡くなった前東宮（皇太子）の未亡人で、いわば上流の女人だ。葵の上は左大臣の姫君であり、こちらも文句なしの上流。一方、夕顔は三位の中将の娘で生まれはよかったものの、親に死なれて家は零落し、寄る辺のない身の上。他にもいろいろと事情があって、源氏にも自らの素性を明かそうとはしない。問われてもはぐらかしている」

「そうか。夕顔は頭の中将の恋人で、彼との間に娘がひとりいたのに、中将の正妻に厭がらせをされたため、娘ともども身を隠していたのだったな」

「そういった事情を知らぬ者にとっては、どこの馬の骨とも知れない女、なのだよ。だから、物の怪にも『かくことなることなき人』、たいしたことのない相手呼ばわりされてしまう。そういう女を、上流の六条や葵の上が気にかけるだろうか？」

　雅平はうーんとうなり、頭の後ろで手を組んだ。

「そうかなぁ。自分より格下の相手に男を盗られて逆上することも、なくはないだろうに」

「彼女たちは気にかけないだろうよ」

　宣能はあっさりと雅平の意見を棄却した。

「むしろ、同格の相手のほうを気にするのじゃないかな。六条御息所が葵の上を妬んだようにね。まあ、両者の確執が深まったいちばん大きな要因は、賀茂祭での車争いだったろうけれども」

「まあ、そうだね。あれはね」

　雅平も自分の意見に無闇に固執はせず、うなずく。

「大勢の目の前で、正妻の従者と愛人の従者が大乱闘。愛人側が敗れたところに、祭りの使者として源氏の行列が華々しく登場。源氏は正妻の牛車には挨拶をするが、隅に追いやられた六条の牛車には気づかず通り過ぎていく……。そりゃあ、生霊も飛ばしたくなるよ」

　車争いの場面に思いを馳せてから、雅平は夕顔の件に戻った。

「とすると？　夕顔を妬むのは、それほど身分の高くない女人？」

「うん」

「目星はついているのか？」

「ああ」

宣能は雅平に顔を向け、不敵とも言える笑みを浮かべた。

「あまり広く知られてはいないが、『源氏物語』には中納言の君と呼ばれる人物が登場する。彼女は葵の上に仕える女房だった」

「中納言の君……。いたかな？」

昼顔に仕える少将の君の名はおぼえても、物語の中の女房まではおぼえていない雅平であった。

「いたのだよ。しかも、彼女は光源氏の寵愛を秘かに受けていたと、『源氏物語』にはちゃんと記されている」

宣能の言う通りだった。葵の上に仕えていた中納言は、妻ではなく愛人——召人と呼ばれる存在で、要するに、源氏は妻の実家の召使いともこっそり情を交わしていたのである。

中納言の君には源氏も思い入れがあったらしく、彼は都を離れて須磨に下る直前、かつての婿として別れの挨拶をしに、左大臣家を訪れる。その際、わざわざひと晩泊まり、みなが寝静まってから、この中納言の君のもとに忍んで行っているのだ。

「そうか。源氏の召人であった女房なら、夕顔に嫉妬もするだろうし、『わたしのご主人さまである葵の上さまをないがしろにして、こんな女と』と言えもするのか」

「すべてはわたしの勝手な推論だけれどね」

「いや、面白いよ。作者の紫式部はもうとっくに鬼籍に入っているから、真意はどうでしたかと問うわけにはいかないが、その分、読み手がああだろうか、こうだろうかと考えるのは自由なわけだろう？　こうして物語は無限に広がっていくのさ」

「物語は無限に広がる。なるほど、いいことを言うな」

　廃屋の廂に寝転がって、物語の中の殺人事件について語り合う。この状況も含めて、雅平は面白いなと感じ、くすくすと笑った。

　あれほど怖がった空き家の静けさも、もはや気にならない。廂にはまぶしい陽の光が存分に射しこみ、物の怪のつけいる余地もない。

ばけもの話ばかりでなく、こういう話も普通にできたらいいのに。それも昼間限定で。

そう思いながら、雅平は言った。

「『源氏物語』にこんな楽しみかたがあるとは知らなかったよ。母の愛読書で、文机の上にいつも積んであったから、わたしもまだ童の頃に拾い読みしてね。よく理解できないところも多々あったが、源氏の君は数多の女人たちに愛されて、なんてうらやましい立場だとは思ったな」

「だから、いまそれを実践していると？」

「そんなつもりはないよ。ないとも」

雅平はひらひらと手を振り、笑顔で否定する一方で、そうかもなと内心、考えた。

義理の母との禁断の恋。正妻との行き違い。年上の貴婦人とのこじれた関係。あどけない少女との運命的な出逢い。刹那で物の怪に摘み取られた悲恋に、人妻との不倫と、光源氏が重ねてきた恋模様は驚くほど多彩だった。こんなふうに多くの女人に愛されれば、さぞや幸福だろうなと、少年だった時分の彼が無邪気に受けとめたのは否定できない。

実際に自分のまわりにいた大人は、それほど恋にのめりこんでいるふうではなかったなと、雅平は回想した。

「知っての通り、わたしの父は先々代の帝の皇子だったけれども、末のほうの宮ともなれば、皇位がめぐってくるはずもなく、早々に臣籍降下してしまってね。光源氏と似たような立場だったわけだよ。ところが、女人に関してはそうでもなくて。わたしの母とは最初の結婚相手に先立たれての再婚同士で、互いの心情が理解できるからか、いまでも本当に仲睦まじくて。父に愛人がまったくいないわけではないけれど、いちばん大事にされているのはやはり母で、母も嫉妬を全然しないわけではないけれど、夫に本当によく尽くして、ともに平穏な夫婦生活を送っていて。だからこそ、母も浮気な貴公子の恋愛物語を余裕で楽しんでいられたのだろうね」

「ふうん」

雅平の身内がたりに、宣能は露骨に興味のなさそうな声を出した。

「おいおい。なんだよ、その気のない返事は。話が怪異からそれると、きみは途端に興味をなくすのだな」

責められても宣能はどこ吹く風だ。

彼の父親は、朝廷で権勢を誇る右大臣。叔母の弘徽殿の女御は、現東宮の生母であり、未来の皇太后となることが確定している。これだけの後ろ盾があれば、将来、なんの憂いもあるまい。思う存分、特異な趣味にのめりこむことが可能なのだ。

ただし、本物の怪異にはまだ一度も遭遇していないという。

上総宮の亡霊が自邸に現れた話をしてやろうか、さぞやうらやましがるに違いない、と雅平は意地悪く考えた。が、

（また気のせいだと言いくるめられそうだ……。それに、上総宮の霊が迷っておられるとの話が、廻り廻って宮の姫の耳に入ったら、あの繊細なひとはきっと傷つくだろうし、霊に脅されて姫の援助をしていると噂されるのも外聞が悪い……）

明かす踏ん切りがつかず、雅平はううむとうなりつつ、何気なく顔を横に向けた。

彼の視界に奥の塗籠が映る。塗籠の扉は半分あけ放たれたままだった。その扉の後ろ

に、男の生首がひとつ、転がっていた。

萎烏帽子をかぶった知らない男で、目を大きく見開き、こちらを凝視している。

次の瞬間、雅平は悲鳴をあげて飛び起きた。宣能も、何事かと驚いて身を起こす。

生首まで起きあがった。いや、それはもはや生首ではない。首から下に身体がちゃんとついていた。扉の後ろに這いつくばっていたため、雅平からは床に生首が転がっているように見えただけだったのだ。

萎烏帽子の男は塗籠の中に隠れようとした。それを宣能が追い、塗籠に入ってすぐのところで押さえこむ。中性的な雰囲気を漂わせていながら、宣能は意外に力は強く、動きを封じられた男は苦痛に顔を歪めて、悲鳴混じりの声を発した。

「申し訳、申し訳ございません。どうか、どうか、お見逃しを」

「つまり、見逃してもらいたいような悪しきことをしていたと？」

宣能の冷ややかな問いに、男は涙目で応えた。

「そ、そのようなことは。住まいをなくし、どうしようもなくて、この空き家の床下で雨露をしのいでいただけでございます。それ以上のことは、何も、何もしておりませんから」

「本当に？」

訊きながら宣能は男の腕をひねりあげた。うわっと、男が痛みに悲鳴をあげる。

呆然と見ているだけの雅平が、男の痛々しい悲鳴を聞き、「あんまり乱暴なことは……」と遠慮がちに口を挟む。が、宣能は耳を貸さない。

「なるほど、最初は雨露をしのぐために床下にもぐりこんだだけかもしれない。だが、そのうち、床板がはずれていることに気づいて中に忍びこみ、金目の物はないかと物色していたのではないか？」

いいえ、と否定した直後にまた腕をひねられ、男は新たな悲鳴を放った。

「調度品が幾つか消えている、いつの間にか盗みに入られていたようだと、この邸の持ち主がぼやいていたよ。たいした物は置いていなかったからあきらめるが、やはり空き家のままにはせず、誰かに貸したほうがよさそうだとね」

「そんな話をいつの間に」と雅平が訊くと、

「右兵衛佐とここでひと晩すごす許可をとりに行ったときに聞かされてね」

との答えが返ってきた。

「律儀だな」

「ただの空き家ならずかずか入るが、持ち主がわかっているのなら、いちおう声かけくらいはね」

「も、申し訳ありません。申し訳ありません。食べるにも事欠いて、ついつい出来心で一度だけ……」

許しを乞う男に、宣能は冷たく言った。

「そして二度目をもくろんで忍びこんだというわけか。それもこんな昼間から」

「もういたしません。もういたしませんから」

「そうだぞ。盗人の末路がどういうものか、聞いたことはないか？　盗んだ金品で遊んでいられるのは、ほんのしばしの間。いずれは捕らえられ、狭苦しい獄に繋がれるのは目に見えているからな」

「どうか、どうか、お見逃しを」

男は額を床にすりつけ、大粒の涙をぼろぼろこぼした。二十歳にもなっていないような若い男で、身なりの粗末さからも彼の困窮ぶりはうかがえた。雅平も気の毒になってきて、

「反省しているようだし、見逃してやってもよくはないか？」

と言ってしまう。宣能は口をへの字に曲げ、承服しかねる様子だったが、飽きたのか、唐突に男を解放した。

男はすぐさま塗籠の奥へと走り出し、水に飛びこむかのごとき勢いで、床板がはずれた箇所に身を投じた。そこから床下を通じて逃げていく。獣並みの素早さに、雅平は目を丸くして見送るしかない。

「まさか、狢が人間に化け……」

そんな疑惑が生じてきたが、宣能に即座に否定された。

「そうではないだろう。だとしても、わたしの好みとは違うな。狐や狸がひとを化かす話はよく聞くが、そっちにはあまり興味がない。とり憑かれるのなら、まだしも」

「そういうものか」

さっき話したことの蒸し返しになる気がして、雅平もそれ以上は追求しない。

宣能は装束についたほこりを払ってつぶやいた。

「あそこの床板はしっかり修理をしておくようにと、邸の持ち主に言っておくか」

雅平も「そうだな」と同意する。

胸の鼓動が落ち着いてくると、生きている人間を生首と見誤ったことが情けなくなってきた。こうなると、従者たちの駆けつける足音を聞いて、巨大な足の群れを幻視したとの説明も受け容れざるを得ない。

怪異はなかったのだと喜ぶべきなのに何やら物足らない心地がして、やれやれと雅平は特大のため息をついた。

「……狢は出るわ、物盗りは出るわ。こたびのことで、つくづく空き家で宿をとるものではないと思い知ったぞ」

「教訓になったのならよかった」

「よくはない」

「ならば、女人のもとに通うこと自体をやめるかい?」

「いや、それとこれとは別だから」

〈ばけもの好む中将〉が怪異探しをあきらめないように、雅平もそこだけは絶対に譲れなかった。


とはいえ、その夜は雅平もさすがに夜歩きに出る気力もなく、自邸で早々に休むことにした。

女房の小侍従(こじじゅう)に夜着への着替えを手伝ってもらいながら、雅平は格子戸のむこうの月に目をやった。

「ああ、月がきれいだねえ。こんなに美しい月を誰かと愛(め)でることもできないとは……」

「では、いまからでもお出かけになりますか?」

衣を畳みながら、小侍従が言う。雅平も気持ちが動かないではなかったが、

「いや、やめておこう。今日はいろいろあって疲れているから」

「そうでしたか。では、ごゆっくりお休みなさいませ」

衣筥(ころもばこ)の蓋に装束を載せ、それを両手で捧(ささ)げ持って小侍従が退室していく。雅平はさっそく、褥(しとね)に横たわった。

枕に頭をつけた途端に彼は睡魔に見舞われる。ぐっすりと寝入り、気づけば朝——になっていればよかったのだが。

眠りに落ちて幾らも経たない頃、雅平はふと、ひとの気配を感じて目を醒ました。

枕もとに誰かがすわっている。

女だ、と雅平は察知した。彼自身は目をあけていないにもかかわらず、女が上からこちらを覗きこんでいるのが、なぜか知覚できたのだ。

最初は、小侍従が何か用があって戻ってきたのかと思った。が、女は明らかに小侍従とは違う声で、雅平に語りかけてくる。

『おのが、いとめでたしと見たてまつるをば、尋ね思ほさで……』

光源氏が物の怪に言われた言葉そのまま。しかも、地の底から響いてくるような恨めしげな口調だった。

冷水を浴びせかけられたような心地になり、雅平はあわてて跳ね起きた。

途端に女の姿は消えてしまう。が、一瞬だけ、長い髪の間から細い顎が覗いているのが見えた。その顎に、彼は確かにおぼえがあった。

「しょ、少将の君！」

昼顔に仕えている口うるさい女房だ。

まさかと思うも、女が消えてしまった以上、確かめる術はない。

「な、なぜ……。まさか、昼顔のもとにわたしが行かないのを恨んで？」

廃屋での一夜のあと、文を一度送ったきりで様子うかがいには行っていない。昼顔さまが心細い思いをなさっているのにそれを放置して――と少将が恨むのも、わからなくはないのだ。

「つまり、いまのは少将の生霊……。いや、それとも、わたしの罪悪感が見せた幻なのか？　そ、そうだとも、廃屋の怪異がわたしの勘違いだったように、いまのもきっと夢に違いない……」

だが、本当にそうだろうか。との疑念が雅平の心に生じる。

もしも本物の生霊だったら？　このまま放置しておくと少将に祟り殺されてしまうのではないか？

そう考えただけで、ぞくぞくと鳥肌が立ってやまない。再び寝入ることなどできようもなく、雅平は這うようにして文机に向かいながら、

「小侍従はいるか。誰でもいい、明かりを持ってきてくれないか」

と、家の者を呼んだ。

明かりが届くのを待てずに、手探りで文箱を探し出し、筆をつかむ。まずは昼顔の君に宛てて文を書かねば――と思えど、こういうときに添えるべき歌が、まったくどこからも出てこない。雅平は早々に降参して筆を手放した。

「どうかされましたか、中将さま」

紙燭を持って、小侍従が入室してくる。雅平は気力をかき集め、精いっぱい平気なふうを装って彼女に告げた。

「やはり、出かける。すぐに牛車の手配をしてくれないか」

「え？　ああ、はい。わかりましたわ」

雅平の気まぐれにあきれつつも、小侍従は文句もつけずに牛車の手配をしてくれた。雅平はさっそく着替えて車に乗り、昼顔のもとへと向かう。

恋人の突然の訪問に、昼顔は驚きと嬉しさを全身で表し、雅平に抱きついてきた。

「ずっとずっと、お待ちしておりましたわ、中将さま」

涙に潤んだ声で甘えられ、なんて愛らしいひとだろうと思いながら、雅平も彼女を抱きしめる。

「心細い思いをさせてしまったようだね。すまなかった。もう安心しておくれ。何も怖がらなくていいのだからね」

昼間、隣の空き家で見聞きしたこと、塗籠に落ちていた狢の毛や、萎烏帽子の男の件を彼女に語ってきかせるつもりだった。こんなに喜んでもらえるなら、横着して明日以降にしなくてよかったとさえ思った。

抱き合う恋人たちを傍らで見守りながら、女房の少将が言った。

「ほんにようございましたわね、昼顔さま」

その声は、枕もとで恨みがましく響いた声によく似ていた。もちろん、それだけではなんとも言えないが……。

当の少将は恨みなど微塵も感じさせず、目を細めて微笑んでいる。そんな彼女が雅平はむしょうに怖かった。と同時に、主人に代わって恨みの生霊を飛ばすとは、ある意味、最強の女房だなと感心せずにはいられなかった。

コラム2　夕顔のこと

光源氏と宿泊した廃院で、物の怪にとり殺されてしまった悲劇の女性、夕顔。

誰も住んでいない古い家に宿をとったところ、怪異が生じ、同行していた女人が恐怖のあまり絶命してしまったという類いの話は、『伊勢物語』や『今昔物語集』などにも散見される。

わたしは思うのだ。なぜ女性ばかり死ぬのかなぁと。どうして、同行の男性は死なないのかなぁと。

いや、別にフェミニズムがどうのと言う気はない。ただ、世にはフツーに怖がりの男性もいるわけで、恐怖のあまり死んでしまう男女の確率は、実は五分五分ではないのかなと疑問に思ったのだ。

もしかして、物の怪側が選り好みをしていると、そういうことなのかもしれない。だとしたら、物の怪は男なのか、女なのか。

男だとした場合、おのが懐に飛びこんできた獲物（嫁候補）と見て、女性をとり殺しているのか。女だとした場合、「わたしのねぐらでイチャイチャしてるんじゃないわよ！」といった嫉妬心から同性を攻撃するのか。

恐怖のあまり、男のほうが半死半生となり、「しっかり、あなた！　こんなところで死んでは駄目よ！」と恋人の頰を猛烈に平手打ちしながら、廃屋から必死の脱出を図る平安ヒロイン——とかを想像してしまったが、果たして需要はあるのだろうか……。

怪異なんてないさ、もしくは朧月夜

旧暦二月は桜花の季節。宮中でも、紫宸殿――またの名を南殿にて、桜の花が満開となっていた。

この南殿の桜を愛でる宴が、よく晴れた日、盛大に執り行われた。

帝の玉座の左右に東宮と女御の御座所が設けられ、皇子たちや上達部たちをはじめとして、その道の達人たちが詩歌を詠みあげる。

舞楽の披露も次々と行われた。雅平も宮廷の花形、近衛中将のひとりとして、広袖をかざして舞ってみせる。

青空のもと、薄紅色の桜が満開となった中、大柄で華やかな顔立ちをした雅平の舞い姿はなかなかの見応えがあった。さながら、桜の精がひとのすがたをとって舞っているかのようだと、誰しもが思う。もっとよく見ようと女房たちが前へ前へと押し寄せるものだから、御簾がぱんぱんに膨れあがる始末だ。

続けて左近衛中将の宣能も、帝に求められて優美に舞った。雅平の派手な動きとはまた趣が違って甲乙つけがたいと、ひとびとはそろって感嘆の吐息を洩らした。

帝もいたく感心し、

「どちらも素晴らしい舞いであった。梨壺の更衣にもぜひとも見せてやりたかったな」

と、つぶやく。

帝の後宮には、数多の妃がひしめいている。その中でも、いちばんの権勢を誇っているのは弘徽殿の女御。日嗣の皇子たる東宮の生母だ。彼女は右大臣の妹、つまり宣能の叔母であり、後宮で最も重きをおかれている女性だった。

帝も当然、女御のことは第一の妃として尊重している。しかし、彼が最も愛情を注いでいる妃は弘徽殿ではなかった。梨壺の更衣だ。

妃にも位階があり、女御に比べれば更衣は格が落ちる。住まいとして後宮内に与えられている殿舎も、弘徽殿のほうが帝の住む清涼殿に近く、梨壺は遠い。それぞれの実家の勢いも、まるで違う。

それでも、帝は梨壺の更衣を寵愛した。弘徽殿の女御とは、家柄重視のいわば政略結婚。一方、梨壺の更衣とは、五節の舞姫として宮中にあがった彼女を見て帝が恋をし、ぜひにと望んでの入内だったのである。

当然、弘徽殿の女御としては面白くない。彼女はいろいろと策をめぐらせ、帝と更衣の仲を裂こうと試みた。そのうちの幾つかは功を奏し、帝の梨壺への訪いが遠のいた時期もあった。しかし、愛は復活し、ついには更衣が懐妊。帝の更衣への寵愛はますます深まっていったのである。

現在、更衣は出産のため、後宮を離れて実家に戻っている。寵妃に逢えない寂しさを胸に、帝がこの宴を更衣に見せたかったとつぶやくのは、無理からぬことではあったのだが――

当然、弘徽殿の女御はそれを快く思っていなかった。

夜がふけて、宴も果て、ひとも引いた。

宰相の中将の雅平は、酔いを醒まそうと宮中をひとり、そぞろ歩いていた。そうやって後宮の中をひとり歩きしているのも、宴ですっかり油断した女房などが戸締まりを失念し、殿舎に忍びこめはしないか。結果、思いがけない出逢いが生じはしないかと、非常に都合のよいことを考えたからだった。

そういう場面が、物語の中に散見するのも事実。『源氏物語』でも、桜の宴の夜、光源氏は恋い慕う藤壺の女御のもとに忍びこめはしないかと様子をうかがうが、女御のほうにそんな油断はない。

立ち去りがたくて弘徽殿に行ってみると、こちらでは不用心にも細殿の戸口の鍵がかかっていない。源氏は好奇心の命ずるままに屋内へと忍び入り、弘徽殿の女御の妹、朧月夜と遭遇するのである。彼女との恋が、やがて身の破滅を招くとも知らずに。

（まあ、実際はそんな物語のようにうまくいくまいが……）

そう思いつつも、酔いも手伝って、雅平は弘徽殿へと向かった。ふんふんと鼻唄を歌いつつ、弘徽殿の細殿の戸口に手をかけてみる。

鍵はかかっていなかった。

えっ、と雅平は息を呑んだ。酔いが一気に醒めた。

いいのかな……とためらいながらも、そろそろと戸をあけ、中を覗いてみる。

月の光のおかげで、うっすらとだが中が見えなくもない。誰もいない。

ほら、やっぱり思いがけない出逢いなど、そうそうあるものではないよと雅平は苦笑し、戸を閉め直そうとした。そのときだった。

細殿の奥から、さらさらと衣ずれの音をさせて誰かがこちらに近づいてくる。その人物は戸口から覗く雅平に気づかず、優雅に古歌を口ずさんでいた。

「照りもせず曇りもはてぬ春の夜の――」

妙に艶っぽい女の声だった。

「朧月夜に似るものぞなき――」

皓々と照るわけでもなく、かといって完全に曇ってしまうわけでもない、春の夜の朧月夜に似るものなどない。『源氏物語』にて、朧月の美しさを率直に讃えたこの歌を口ずさみつつ、朧月夜の君は源氏の前に現れる。

細殿を歩んできた女も、そんな朧月夜の君を彷彿とさせるような出で立ちだった。身に着けているのは、表に白、裏に赤花（紅花で染めた紅）を重ねて、ほんのりと桜色に染まった唐衣。手にした扇には水に映った月が描かれている。その扇で顔の下半分を隠しているものの、目もとだけでも、なかなかの美貌の持ち主と見受けられた。

（まさか、物語そのままの出来事がわが身に起きようとは）

恋の駆け引きを数え切れないほどくり返してきた雅平も、さすがに緊張してきた。何しろ、光源氏は朧月夜の袖をつかんで「ひとを呼んでも無駄ですよ。わたしは誰からも許されている身なのですからね」と口説きにかかり、そのまま彼女と関係を持ってしまうのだ。

（さすがにそこまで大胆な真似は……）

と、ためらう一方で、

（いやいや。これほどの好機を逃してどうする。わたしは今源氏とも呼ばれている身だぞ。ここで何もしなかったら男として名折れだろうが）

そんな思いあがりに突き動かされ、雅平はそっと戸口から上がりこんだ。女がすぐそばまで来た瞬間を狙い、彼女の袖をつかんで引き止める。

この場面で物語の朧月夜は驚き、「まあ、厭だ。いったい、どなた？」と声をあげたが、目の前の女は「あら……」と笑いを含んだ声を洩らしただけだった。雅平がそこにいると、すでに気がついていたふうでもあった。

(ということは、彼女もまんざらではないのだな)

こんな出逢いから始まる恋もあっていいのかもしれない。そんな浮ついたことを考えながら、雅平は色男めかした口調でささやいた。

「ひとを呼ばないのですか？　もっとも、わたしは誰からも許されている身ですから呼んだとて無意味ですけれど」

光源氏を意識しての台詞と理解して、女は扇のむこうでくすくすと笑った。

「さすがは今源氏の君と噂される中将さまですこと」

「おや、わたしのことを知って？」

女は笑うばかりで応えない。扇で隠されていないまなざしは、明らかにこの状況を楽しんでいる。

誰とはわからないが、弘徽殿の女御に仕える女房であることは身なりからも想像がついた。宮中の美女は洩れなく把握しているはずなのに、その目もとに見おぼえはない。ということは、新参なのだろう。ならば、ここで無理に名を訊こうとせずとも、あとで彼女を探し出すことは容易なはずだ。

以上を踏まえ、雅平は光源氏になりきって彼女を口説きにかかった。

「こうして出逢ったのも、わたしとあなたの間に浅からぬ縁があったからだとは思いませんか？　どうか恥ずかしがらずに、そのお顔を見せてください」

「そうまでおっしゃるのなら……」

目を細めて秘やかに笑いつつ、女はゆっくりと扇を下ろした。紅を差した彼女の唇が、夜目にも赤く映える。魅惑的な唇だったが、雅平は彼女の口もとを見た途端、言葉を失ってしまった。

唇の両端から、鋭く長い牙が上下食い違いにはみ出していたのだ。

明らかに、女はひとではなかった。

「わ……、わ……」

雅平は恐怖の悲鳴をあげそうになった。が、ここで騒いでは、自分が弘徽殿に忍びこんだことが周囲にばれてしまう。

それだけは駄目だと、彼は咄嗟に両手で自分の口を押さえ、一目散に外に飛び出した。

女は追ってこない。それでも、雅平は必死に走り続ける。

走って走って。気づけば、友人の職場である校書殿のそばまで来ていた。

あそこに逃げこめば助かる。根拠もなくそう思い、雅平は校書殿内に駆けこんだ。

幸い、友人——頭の中将の繁成は部屋にいた。宣能と有光まで、なぜかいる。

「出たのだよ、出たのだよ」

突然に現れ、がたがたと震えながら訴える雅平を、繁成はうさんくさげに見返した。

「どうした、まだ宴の酔いが残っているのか。まったく、宣能といい有光といい、どうして誰も彼もが用もないのにここに立ち寄るのか」

不満げな繁成に、有光がおっとりとした口調で言う。

「だって、帝のおわす清涼殿にも近くて、何かと便利だし。ここで酔いを醒ましてから、吾子の待つ邸に戻ろうと思ってね」

「まあ、そういうことだな」と宣能もうなずく。

いつもの中将たちに、雅平は安堵半分、じれったさ半分であわただしく手を振った。

「いやいやいや、酔いなどとうに醒め果てたとも。だから本当に出たのだよ、物の怪が！」

繁成は疑わしげに眉根を寄せ、有光は戸惑い気味に目をしばたたく。〈ばけもの好む中将〉の宣能にいたっては、ずいっと身を乗り出してきた。

「どこで？　どんな物の怪を？」

「こ、弘徽殿の――」

雅平は言葉を詰まらせながら、牙を生やした女との遭遇を語った。さぞや驚くであろうと思いきや、繁成は眉間に皺を寄せたまま、「酔っているな」と決めつける。

「なんだ、酔っているのか」と宣能も残念そうにつぶやく。

有光は「ずいぶんと飲み過ぎたのだね」といたわってくれたが、こちらの言うことを信じていない点では他の中将たちといっしょだ。

「だから、酔いは醒めたと言っているだろうが」

くやしさから、雅平は子供のように地団駄を踏んだ。

「なぜ、わたしの言うことを信じてくれないのだ」

だってねえ、と微苦笑する有光に、宣能がうなずき返して言った。

「いつだったか、わたしが話した三善の宰相の怪異譚をおぼえているかい？」

「はあ？　なぜ、いまその話を」

「きみが見た物の怪は、三善の宰相が遭遇した物の怪にそっくりだからだよ」

「どういうことだ？」

「忘れているようだな。ほら、聞かせただろう？　天井の格子のひと枡ひと枡に違う顔がはまって、こちらを見下ろしていたという話を。その次に、身の丈一尺ほどの者たち、四、五十人ばかりが馬に乗って廂の間を駆けていき……」

「待て。待て待て待て。だから、どうしていま、その話を蒸し返すんだ。全然、関係がないじゃないか」

「なくはないとも。三善の宰相がそれでも動じずにいるとね、塗籠から、扇で顔半分を隠した美女が現れたのだよ。女が扇を下ろしてみせると、その口の両端からは銀色の鋭い牙が互い違いにのびていたという」

「なんだって？」

雅平は頓狂な声を発し、かぶりを振った。

「いや、やはり待て。なんだ、それは。三つ目の話には、まったくおぼえがないぞ」

「うん？」と、宣能が首を傾げる。有光が横から言う。

「そういえば、雅平は話の途中で退席して、三つ目の怪異は聞き逃していたね」

「そうだったのか」

納得した宣能だったが、

「けれども、もともとこれは世に知られた話だったからね。雅平が過去にどこかで耳にして、すっかり忘れて頭の片隅に追いやっていたのかもしれないよ。それが酔いと宴の余韻のせいで心の表に浮かびあがり、あたかも現実の出来事であるかのように――」

「酔ってない、酔ってない」

雅平は左右に強く頭を振り、宣能の解説を押しとどめた。

「わたしは確かに見たのだ。弘徽殿の細殿の戸があいていて、中を覗くと唐衣をまとい、扇を手にした美女がしずしずと歩いてきて、『朧月夜に似るものぞなき』と……」

話の途中で、繁成がううんと低くうめいた。

「『源氏物語』にそっくりそのままだな。おおかた、弘徽殿の戸があいていることに気づいて、こうであってくれたらいいなぁなどと夢想したあたりから夢が混じって、怪奇なオチがついたと、そんなところだろう」

至極まっとうな彼の意見に、宣能もしたり顔で同意する。

「だろうね。そうそう簡単に怪異に出逢えるはずもないよ。このわたしでさえ、まだなのだから」

カチンときた雅平は声を荒らげた。

「なんだ、その言い草は。わたしだって見たくて見たわけじゃないぞ」

「そうかい？　そこまで言うのなら……」

宣能はやにわに雅平の腕をつかんで引っぱった。

「いまから弘徽殿に行って確かめてみようじゃないか」

もちろん、雅平は血相を変えて抗（あらが）った。が、宣能は見た目こそたおやかながら、意外に力は強い。問答無用で雅平をずるずると引きずっていく。

「や、やめてくれ。おい、繁成、有光、宣能を止めてくれ！」

いくら助けを求めても、繁成も有光も知らぬ顔を決めこんでいる。じたばたと抵抗するも虚（むな）しく、とうとう雅平は弘徽殿に引き戻されてしまった。

月明かりのもとで眺める弘徽殿に、特に異変は見当たらない。細殿の戸も、雅平が逃げ出したときはあけ放したままだったはずなのに、いまは閉まっている。

「細殿の戸だと言っていたね。あそこの戸かな？」

宣能はおそれ気もなく細殿に歩み寄り、戸に手をかけた。が、押しても引いても戸はびくともしない。

「鍵がかかっているようだね」

「そ、そうか……」

雅平はふうと大きく息をついた。安堵すると同時に、自分の話が疑われているような気がして、

「いや、でも、わたしは本当に見たのだよ」

と、再度、力説する。宣能はうんうんと大きくうなずいた。

「酔いによる見間違いの疑いは捨てきれないが、一方で、昔から宮中ではたびたび鬼が出て、ひとを襲っていたというからね。きみが本物の怪異に遭遇した可能性もないではないさ」

「昔から、たびたび鬼が……」

「そうとも。たとえば、内裏(だいり)の中の宴の松原で、通りかかった女が鬼に食い殺されたという話は有名だけれど、他にも早朝に出勤してきた官吏が鬼に殺され、血だらけの生首だけが官舎の中に転がっていたことが……」

雅平はあわてて両手で耳をふさいだ。

「やめてくれ、やめてくれ。物の怪ばなしなど、こりごりだとも」

うずくまってしまった雅平に苦笑しながら、宣能は怪異の痕跡を探すように周囲を見(み)

廻した。ふと、その動きが止まり、彼が地面に落ちていた何かを拾いあげる。

「なんだろうか、これは」

「な、何を拾ったんだ？」

怖がっていても好奇心は抑えがたく、雅平が宣能の手もとを覗きこむ。彼が握っていたのは、小指ほどの長さの白い何かで、先端が鋭く尖っていた。見た瞬間、雅平がハッとし、

「牙だ。牙だよ、これは。きっとあの鬼女が落としていったのだ」

そう言うと、宣能は疑わしげに首を傾げた。

「牙とはそんなに簡単に落ちるものなのかな」

「それは知らないけれど……」

そのとき、清涼殿のほうから渡殿を通じてこちらに近づいてくる一行が、彼らふたりの目にとまった。明かりを掲げた複数の女房に囲まれ、堂々とした風格の高貴な女人――弘徽殿の女御だ。

「まずいぞ、宣能。隠れ……」

「いいや」

あわてる雅平を宣能は冷静に制した。

「何を怖じることがある。あれは弘徽殿の女御さまだよ。もっとも……物の怪より怖い

かもしれないけれどね」

それは雅平も否定できなかった。後宮で最も力を持ち、気位の高い弘徽殿の女御には誰も逆らえないのだ。

「そういう話ではなく、こんなところにいるのがばれたら――」

自分が弘徽殿に忍びこもうとしたことも露見してしまうのではないか。そう危惧しているうちに、女御たちの一行は彼らのすぐそばにまで近づいてきた。

女御がまとうのは、表に蘇芳（赤紫）、裏に赤花を重ねた樺桜の装束。付き従う女房たちも紫の濃淡で菫を、薄紅色と萌黄色を重ねて桃の花をと、春の花々を連想させるような衣に身を包んでいる。色とりどりの装束の上に、長く豊かな黒髪がまっすぐに流れているさまも、絵巻物のように美しい。

そのまま、彼女たちは弘徽殿の中へと進んでいきそうだったが――

「おや」

女御が宣能たちに気づき、足を止め、声をかけてきた。

「そこにいるのは、わたしの甥の中将かしら？」

弘徽殿の女御は、宣能の父の妹。ふたりは叔母と甥の間柄だ。近い親戚とはいえ、帝の妻である女御に礼をつくして、宣能はうやうやしく頭を下げた。

「これはこれは女御さま。今宵はてっきり、清涼殿でお過ごしかと――」

「そのつもりでしたが、主上が酔いすぎてしまわれて」

ほうっと女御はわざとらしくため息をつき、手にした檜扇を揺らした。

「御気分が悪いと仰せられたので、おひとりでごゆるりと休まれるほうがよろしいかと思い、退出してきたのですよ。きっと、お気に入りの更衣の実家帰りが長引いているので、ご心配なさるあまり、体調がすぐれないのでしょうね」

女御の口から競合相手の名が出て、女房たちがたじろぎ、その場の空気がひりつく。けれども、当の女御は気にした様子もなく、宣能に問いかけてきた。

「それで、あなたはどうしてここに?」

雅平は内心ひやりとしたが、宣能は彼とは逆に、にこやかに微笑んだ。

「宴の酔いを醒まそうと、宰相の中将とあたりをそぞろ歩いておりました。それから、このような宵には、うっかり戸締まりを忘れるようなこともあろうかと思い、その見廻りも兼ねておりました」

「弘徽殿の戸締まりを確かめに? まるで物語の光る君のようね」

女御が笑うと、彼女を囲む女房たちも追従するように笑った。

「それで? 朧月夜の君と出逢いでもしましたか?」

女御に問われ、いっそ、牙の生えた女房の話を彼女にしてみようかと雅平は迷った。が、彼が口を開く前に宣能が言う。

「いいえ。弘徽殿の細殿の戸はぴたりと閉ざされておりましたので、そのような心ときめく出逢いは生じませんでした」

「それは残念」

弘徽殿の女御は急に興味をなくしたように、扇を開いて口もとを隠した。女房たちはそれを察して、しずしずと歩き出す。

弘徽殿の殿舎の中に女御たちが消えていったのを待ってから、宣能が雅平を振り返った。

「女御さまの女房たちの中に、きみが見た物の怪はいたかい？」

「いや、いなかった。いずれも美女ぞろいではあったが……」

「そうか。じゃあ、ここにいても仕方がないな。われわれもそろそろ帰ろうか」

「あ、ああ……」

返す雅平の声は弱々しかった。女御の女帝のごとき威圧感にすっかり毒気を抜かれてしまったのだ。そんな彼に気を遣ってか、宣能が提案する。

「なんだったら、わたしの牛車（ぎっしゃ）に乗っていくかい？　邸に着くまで、宮中の鬼の話をたっぷりと聞かせてあげられるよ」

「いや、それは御免蒙（こうむ）る。では、お先に」

素早く、きっぱりと断って、雅平は宣能から逃げるように離れていく。弘徽殿の釣燈（つりどう）

籠の明かりに照らされて、駆けていく彼の影は地表にやけに細長く描き出されていた。

次の日、自室で目醒めたその瞬間から、雅平は鈍い頭痛を感じて顔をしかめた。額は熱く、全身に汗をかいている。

（これはあれだな、昨夜の物の怪の鬼気にあてられたのだな……）

としか思えなかった。

今日は宮中で、前日の花の宴のあとに行われる後宴が開かれるとわかっていたが、とても出向けそうになく、雅平はそのまま臥所に横たわっていた。

心配して具合を見に来てくれた両親には本当のことが言えず、

「昨日の宴で酔いすぎたようです。今日は一日、おとなしく休んでおくことにいたしましょう。さすれば、明日にはきっとよくなっておりましょうから」

息子には似ず、おっとりとした性格の父はその言葉を信じ、

「では、そうしなさい。わたしはそなたの兄と出仕してくるから」

けれども、母のほうは兄の名が出たせいか、

「あなたも兄上を見習って早くに妻を決め、落ち着かれれば良いものを」

と言い出す。そんな母の繰り言にも、雅平はもうすっかり慣れきっていた。

「はいはいはい、見習います。そのうちに、はいはい」

「また、そのように適当な。通うところが多いのは結構ですとも。けれども、やはり正妻を定めたほうが何かと……」

「そうしたいのはやまやまですが、どなたも素晴らしいかたなので見捨てがたく、ゆえにひとりにも決めがたいのですよ」

あきれ顔になる母に、父が鷹揚に笑いながら言ってくれた。

「そう案じずとも、雅平にもそのうち良き出逢いがあろう。わたしとそなたが出逢ったようにな」

「あなたまで、そのような甘いことを……」

母はまだ不満げではあったが、雅平が「ああ、また熱が上がってきたようです。病がおふたりにうつっては大変ですので、どうぞ離れてくださいませ」と大袈裟に言うと、やっとそろって退室していった。

そのままおとなしく寝ていると、昼を過ぎる頃には熱も下がってきた。空腹を感じるようにもなったので、小侍従を呼んで昼餉を所望する。胃の腑の負担にならぬようにと、やわらかく炊いた姫飯に細かく叩いた鴨肉の羹（汁物）、蕪の漬け物などが運ばれ、雅平はぺろりとそれらを平らげる。

彼の健啖ぶりを、給仕役の小侍従は姉のごとく笑顔で見守っていた。

「これだけ召しあがれるなら、もう心配はいりませんわね。病知らずの雅平さまが熱を出されるなんて、どうしたことかと驚きましたけれど」

「これには理由があるのだよ。実はな——」

親には言いにくい話も、歳(とし)の近い乳姉弟(ちきょうだい)になら気軽に打ち明けられる。雅平はここぞとばかりに、昨夜、弘徽殿で目撃した怪異について彼女に語った。小侍従は目を丸くして話に耳を傾けてくれた。

「まあ、そんなことが」

「そんなことも、こんなことも、わたしは本当に見たのだよ。なのに、近衛中将たちはひとりとして信じてくれなくて」

「それは災難でしたわね。にしても……」

昼日中とはいえ、明かされた実録怪異譚に怖じ気づいたのか、小侍従は少し薄気味悪そうにつぶやいた。

「続きませんか、妙なことが」

「続く？　どういうことだい？」

「だって……、此度(こたび)のことは『源氏物語』の朧月夜の君の話にそっくりではありませんか」

「うん。わたしもそうは思うよ。で？」

「上総宮の姫君との御縁も、『源氏物語』の末摘花の君の話にそっくりで」

「ああ、まあね……」

「それに、廃屋で恋人のおひとりと逢瀬をもった際、不思議なものに遭遇したと話してくださいましたよね？　これもところどころは違えど、大筋は『源氏物語』の夕顔の君の話にそっくり」

「いや、待ってくれ。物語の夕顔の君は命を落としたけれども、わたしの恋人はまだ生きているわけで。それに続くと言っても、上総宮の姫と、夕顔ならぬ昼顔の君の件は去年の話だぞ」

「何年も間が空いているわけではなく、ほんの数カ月ごとの出来事でしょう？　しかも、一度や二度ではなく三度目ともなると、これは何かあるとしか思えませんわ」

こちらを脅そうというのではなく、小侍従が本気で案じているのは口調からも伝わってくる。おかげで、雅平も次第に落ち着かなくなってきた。宣能たちに「酔いのせいだ」と否定されるのもくやしかったが、「何かある」と不穏な気配を醸し出されても、それはそれで困惑してしまう。

「何かとは、いったいなんなのだ」

雅平が戦きつつ尋ねると、小侍従は真剣な面持ちで答えてくれた。

「紫式部の祟りではないでしょうか」

「……は？」

聞き間違いかと疑い、雅平は息を詰めてじっと小侍従の顔をみつめた。冗談を言っている顔とは思えなかった。

こふんと咳払いをして、雅平は改めて問うてみた。

「紫式部とは『源氏物語』の作者の紫式部かな？」

「ええ。昔の宮廷で宮仕えをしながら物語を執筆した、あの紫式部ですわ」

「あの紫式部か。宮仕え以後のことは世に伝わっていないから、没年もわからないが、とうの昔に亡くなっていることは確かだな……。で、なぜわたしがその紫式部に祟られねばならないのだ？」

「紫式部が地獄に堕ちたという話はご存じで？」

「地獄に堕ちた……」

雅平は大きな目をぱちくりと瞬かせた。小侍従は浅くうなずいてから説明を始める。

「仏道には、守るべき五つの戒めとしての五戒がありますわよね。ひとつ、殺してはならない。ふたつ、盗んではならない。三つ、淫してはならない。四つ、嘘をついてはならない。五つ、酒を飲んではならない」

指折り数えながら、小侍従は仏教の五戒について、ざっくりと語った。

「この四つ目の戒め、嘘をついてはならないという不妄語の戒に、かの紫式部は『源氏物語』という作り事の話を書いたため、背いたとされているのです。しかも物語の内容は男女の恋愛模様。そのような狂言綺語で多くのひとびとを惑わせたという理由で、紫式部は地獄に堕ちたのですよ」

「ひとびとを惑わせた？」

「ときの有名歌人の夢に紫式部が現れ、地獄で苦しむわたしのために供養の法会を営んでくださいと頼んできた、なんて話もありましてよ」

「いやいや、待て待て。そんな、めちゃくちゃな。惑わすだなんて、とんでもない。物語は、憂き世の憂さに倦み疲れたひとびとの心を慰めるためにあるのではないのか？その作り手が、どうして地獄に堕ちるというのだ。惑わすも何も、読み手も作り事だと最初から了解した上で楽しんでいるのであって、悪意のある嘘とは完全に別物であろうに」

雅平が声を大にして主張すると、小侍従も頬を膨らませ、幾度も首を縦に振った。

「ええ、ええ。わたしもそう思いますわ。別にいいじゃありませんか。本当に浮気をしたわけでもなし。物語を読んで、ああ、わたしのところにもこんな素敵な殿方が忍んできてくれないかしらねぇと夢見るくらい、誰にだってあることですわよ。そんなきれいな夢を見させてくれた物語の作者が地獄に堕ちるなんて、あり得ませんわ」

「そうだそうだ。そんな理不尽な理由でいちいち地獄に堕ちていたら、地獄はあっという間に満杯になってしまうぞ」

ふたりは意気投合して、やいのやいのとひとしきり言い合った。やがて、小侍従が本筋から離れてしまった話をもとに戻す。

「わたしたちの意見はひとまずおいて——そのようなわけで、源氏供養と称し、紫式部を供養する法会が『源氏物語』の熱烈な読者の間で営まれるようになったのですよ」

「源氏供養か。名前は美しいが……」

ううむと雅平はうなった。いくら考えようと、物語の作者が嘘つき呼ばわりされ、地獄に堕ちるなど彼には納得がいかなかった。それを言っては、世から物語が消え失せて、なんとも味気ないものになってしまいかねない。

一方で、『源氏物語』には人妻と通じたり、幼い少女を拉致したり、果ては義理の母と関係を持ち、子供まで産ませるといった、よろしからざる描写がなくもない。そのようなきわどさも『源氏物語』の魅力であるのだが、うるさがたには人倫にもとる虚言で世のひとびとの心を惑わしたとみなされてしまうのだろう。

平安女流文学のひとつ『更級日記』の著者である菅原孝標女も、『源氏物語』に夢中になった読者のひとりだ。彼女は、叔母にあたる人物から『源氏物語』全巻とその他さまざまな物語を袋いっぱいに譲り受け、その喜びを「后の位も何にかはせむ（帝の妃の位もどうでもいいほどだわ）」と書き記している。

そうやって一日中、物語を読みふけっていると、夢の中にいかにも清らかそうな風貌の僧侶が現れ、「法華経を読むように」と彼女に勧める。恋愛小説ばかり読みふけっていないで勉強しなさい、といったところだろうか。けれども、彼女は夢のことは誰にも明かさず、ひたすら物語に耽溺し、自分も将来、美人になって光源氏のような貴公子とめくるめく恋をするのだわと夢想する。

僧侶の夢は、物語に読みふけって勉学をおろそかにしている後ろめたさから生じたのであろう。源氏供養もひょっとして、架空の危険な恋物語に心弾ませるやましさを、地獄に堕ちた作者を供養することでまぎらわせようとしたのかもしれない。

「なるほど。百歩、いや千歩譲って、物語を書いた罪で紫式部が地獄に堕ちたとして、それでどうして、わたしが祟られねばならぬのだ？」

「ですから」

小侍従は居住まいを正してから言った。

「雅平さまは今源氏と呼ばれるほどに、数多の恋人と浮き名を流されている真っ最中。そのことが、『源氏物語』の作者である紫式部にとっては、地獄に堕ちる原因となったおのが罪を改めて指摘されているようで心苦しいのかもしれませんわよ」

「そんな理由でわたしに祟ると？」

「相手はもう、とうの昔に亡くなられたかたですから。本当のお気持ちなど量りようはなくて、わたしたち生きている者が勝手に当て推量するしかないのですけれど、あり得なくもないのでは？」

「どうだろう……。そもそも、今源氏だなどという呼び名も、まわりの者が勝手につけたもので、わたしが頼んだわけでもないのだぞ」

「けれども、まったく見当違いな偽りでもありませんものね。雅平さまは数多くの恋人を抱えて、誰をも見捨てず、ひとりにも定めきれず――」

「では、わたしに光源氏のように振る舞うな、つまりは恋するのをやめよと言うのか？」

「多少はお控えになったほうが……」

雅平は考えるまでもなく即答した。

「無理だ、無理」

「ですわよねえ」

小侍従もこれにはすぐに納得する。

何しろ、雅平は宮廷の花形である近衛中将。目鼻立ちはくっきりとして華やか。性格は明るく、社交的。女人に対してはまめに尽くすし、血すじは良く、物の怪を好むような奇異な嗜好も持ち合わせていない。ただ、相手をひとりに絞ることができないだけなのだ。

「わたしは世の不実な浮気者とは違う。すべての女人を心より愛しいと感じるがゆえに、縁あるかたを大事にしたいと願い、その通り実践しているのだ。それで、どうして祟られようか。どう思う、小侍従。わたしの言うことは間違っているか？」

「間違いとまでは申しませんけれど、妬まれはするかもしれませんわねえ」

「男に妬まれるのはわかる。だが、女人たちには」

「みながみな、物わかりがよいとは限りませんし、よその女君のもとへ向かわれる雅平さまを恨むかたはいらっしゃるでしょうとも」

そんなはずは、と言いかけて、雅平は目を泳がせた。

いつだったか、少将の君の生霊が枕もとに現れ、地の底から響くような恨めしげな口調で『おのが、いとめでたしと見たてまつるをば、尋ね思ほさで……』と訴えてきたことが記憶に甦る。あれは夢だと思いたかったが、完全には否定しきれない後ろめたさがじわりと胸に湧いてくる。

言いよどむ雅平を前に、小侍従は小さく苦笑し、肩をすくめた。

「いまさらでしたわね。そもそも、紫式部の地獄堕ち自体、どうかと思いますし。祟られているなどという話は、どうか忘れてくださいませ。気にしないのがいちばんですもの」

「あ、ああ……」

とはいえ、神仏の祟りを身近に感じるこの時代の人間の常で、雅平も何もしないで済ますことはできなかった。

「どちらにしろ、僧侶に物の怪よけの加持はしてもらわねばと思っていたからな。そのついでに紫式部の供養を頼むのも悪くはないかもしれない。地獄に堕ちたからうんぬんではなく、今源氏と呼ばれるわたしだからこそ、物語の作者に敬意を表して――ということで、どうだろうか」

「それがよろしいように、わたしも思いますわ」

「では、依頼の文にそのことも書き連ねておくとしようか」

雅平はさっそく立ちあがって文机に向かった。知り合いの僧侶へ加持祈禱の依頼文を書く彼を眺めながら、小侍従が言った。

「もうすっかり、お加減はよくなられたようですね」

「そうだな。熱も引いたし、いい機会だから、どなたかのもとに出向くとしようか」

「さっそくですか」

あきれる小侍従のつぶやきを雅平は聞こえなかったふりをして、思考をめぐらせる。

「さて、このところ、足が遠のいていたかたというと……」

幾人もの恋人の顔が頭をよぎる。その中でも、おとなしげで品のよい顔がより長く、彼の脳裏にとどまった。上総宮の忘れ形見の姫君だ。ついさっきまで『源氏物語』の話をしていたせいで、末摘花の君を思わせるような出逢いをした彼女が、にわかに気になってくる。

宮の姫とはいまだに艶めいた関係はない。それでも雅平は時折、旬の物や着物などを贈り続けていた。家の女房からの代返によると、姫もたいそう感謝しているとのことらしい。

いまひとり、『源氏物語』を連想させる昼顔の君のことも考えなくはなかったが、つい二日前に彼女との逢瀬をもったばかり。これなら最強女房の少将も見逃してくれるだろうと自分に都合のいい解釈をして、訪れるなら宮の姫かなとこれからの予定を決める。

「『源氏物語』の話をしたせいか、上総宮の姫君のことを思い出したよ。久方ぶりに、あちらの邸にうかがってみようか」

「では、そのように手配いたしますわね」

さっそく先触れの文を届けさせ、直衣に着替えた雅平は牛車に乗って、陽の高いうちに上総宮の邸を訪れた。

久しぶりの来訪とあって、宮邸の家人や女房たちは大あわてで雅平を迎えてくれた。以前は痩せて顔色も悪く見えた老女房たちも、つやつやとした頬に満面の笑みを浮かべている。

「ようこそおいでくださいました、殿」

「姫さまも首を長くしてお待ちですわ」

口々に言う老女房たちは、髪に櫛を挿した古くさい出で立ちのままだったが、装束が新しい分、見映えはかなり良くなっていた。自分の贈り物を大切に使ってくれていると目にできたのは、雅平にとっても嬉しいことだった。

「公務がいそがしく、なかなか、こちらにうかがえなくて。今日はやっと時間がとれたので、姫の琴の音が聞きたくて、うかがったよ」

　雅平がそう告げると、さっそく琴が運ばれてきた。演奏の用意が調うと、老女房たちは気を利かせているつもりだろう、「では、わたくしたちはあちらに」と退室していく。恥ずかしがりの宮の姫は、几帳を雅平との間に置き、帳の後ろに身を隠すようにして琴を弾き始めた。

　他人行儀な――と思いはすれど、夫婦ではないのだから仕方がないかと雅平も思い直す。御簾越しでなかった分、以前より確実に距離は縮まっているのだから良しとするしかない。

　宮の姫が小声で何かを言った。おそらくはそれほど重要ではない、挨拶めいた言葉だったのだろう。雅平が訊き返そうとする前に、七絃の琴がかき鳴らされて、古風な音がかそけく響く。

　これはこれで心なごむ音色だと感心し、雅平も目を閉じて曲に耳を傾けた。時折、弾き間違えたなと気づく箇所もあったが、それはご愛嬌というものだろう。

普通の男女とは違うが、こういう関係も悪くないか——と、しみじみしているうちに、楽の音の効果か、雅平は次第にまどろみ始めた。

浅いながらも心地よい眠り。その眠りが、ふと醒める。琴の音が途切れたためだった。目をあけた次の瞬間、几帳の後ろから身を乗り出していた宮の姫と視線が合った。雅平の寝顔を近くで見ようとしていたらしい。姫は驚き、あわてて身を引こうとした。

「お待ちください、姫」

雅平は考えるよりも先に動き、姫の手首をつかんだ。彼女の細い指には、琴をかき鳴らす用の竹製の付け爪がはめられていた。

姫は、ひえっ、とか、あわっ、とか、よく聞き取れない声を発しながら、小刻みに震えている。彼女を怖がらせているのはわかっていたが、雅平もこの機会を逃す気にはなれなかった。

「どうか怖がらないでください。わたしは嬉しいのですよ。いまだに文の返事もいただけず、姫はわたしをお嫌いではないのか、家人たちのためにしぶしぶ贈り物を受け取っているのではないかと思わずにいられなかったのですが……」

雅平は意識して柔らかく微笑み、姫の手を両手で包みこむようにして握った。たちまち、姫の白い顔が火を噴かんばかりに赤く染まる。

「こうして、あなたのほうからおそばに来てくださるとは。少しはわたしに興味を持っていただけたのですね？」

「わた、わたくしは」

何か言わねばと姫もあせっている様子だったが、言葉にならず、顔の赤みはどんどん強くなっていく。そうやって小さくなっている姿はなかなかに愛らしい。

「愛しい姫君……」

相手が気を失う前にと、雅平は姫を抱き寄せようとした。そのとき、カタンと小さな物音が聞こえ、彼は反射的に音がしたほう――天井の片隅へと目を向けた。

天井の片隅、四角く仕切られた枠の一角がはずれている。そこから上総宮の霊が顔を出し、雅平をみつめ返していた。

長い鼻がぶらりと下がり、哀しげな霊の表情になんともいえぬ味わいを添えている。姫に迫る雅平に怒っているのではなく、何もできぬわが身を嘆いている様子が伝わってくる。

雅平は、うっと息を呑んだ。

姫のほうは天井裏から覗く亡父に気づく余裕もなく、ただただ震えている。雅平のほうも震えはなんとか抑えこんでいたが、総身に鳥肌が立っている。さすがに、この状況で姫に手を出すことは不可能だった。

雅平は長く重々しく息をつくと、姫の手をそっと離して身を引いた。

「わたしとしたことが……いけないことをしてしまいそうでしたね。申し訳ありません」

えっ……と、姫が小さくつぶやいたような気がしたが、雅平は笑って首を横に振った。

「心配なさらないでください。今日はもうこれで帰りますから。また改めて、琴の音を聞かせてくださると幸いです」

言いながら、雅平はちらりと天井の隅に目をやった。はずれていた天井板は、いつの間にかもと通りになって、上総宮の姿も消えている。雅平はホッと胸をなでおろした。

だからといって、再び姫に触れようとすれば、霊はまた現れるに違いなかった。経済的な支援はして欲しいが、姫に手は出して欲しくないと上総宮が願っていることは、雅平も知っている。そのはた迷惑な親心はいまだに変わっていないのだなと、再確認までできてしまった。

(常人ならば、理不尽さに耐えきれず逃げ出しているだろうな。まあ、亡霊にまで期待されてしまうのも致し方ない。わたしは今源氏とも呼ばれる身の上なのだから——)

残念に思う気持ちを、雅平は自分に酔うことでなんとか、まぎらわせた。広袖に真っ赤な顔をうずめた姫が訴えかけるような目をしていたことに、まったく気づいてはいなかった。

翌日、近衛府に出仕した雅平は、同じ近衛中将の宣能にいきなり出くわした。

どうやら、雅平が現れるのを待ち構えていたらしい。よく晴れた心地よい朝にもかかわらず、不機嫌そうにも見える相手の表情に、雅平はにわかに不安になった。

「どうかしたのか？」

「宮中で妙な噂が流れている」

「妙な噂？」

唐突に不穏なことを言われて、雅平は眉をひそめた。

「おいおい、急にそんなことを言われても……」

「雅平にも関連がある話だ」

「わたしに？」

宣能はうなずき、扇を口もとに添えて低い声で告げた。

「おとといの桜の宴のあと、弘徽殿で雅平が鬼女と遭遇した話が、昨日のうちにはもう朝廷中に広がっていた」

「早いな。だが、噂の足が早いのはままあることだ。わたしもあの夜は驚きのあまり、校書殿で大声で話していたし、同じ殿舎にいた蔵人（くろうど）たちに聞かれて広まったのではないか？」

怖い話、奇妙な話は、ひとびとの耳目を集めやすい。あっという間に広まったとしても、別段おかしくはないように思われた。

「それだけなら、まだよかったのだがね……。きみが去年、上総宮の姫君のもとに通い、亡き上総宮の霊を目撃した話や、廃屋での逢瀬で物の怪と遭遇した話もいっしょに取りあげられてね。かように『源氏物語』そのままの怪異が頻発するのはいったいどういうことかと、誰かが言い出したのだよ」

「どういうことって、それはきっと……」

紫式部の祟りだと言われているのだろうなと雅平は覚悟したが、実際は違った。

「これは天の啓示ではないかというのだよ」

「は？　天の啓示？」

「『源氏物語』の光源氏は父の桐壺帝の妃、藤壺の女御に執着し、秘かに彼女と通じた。結果、藤壺の女御は源氏の子を産み、子供は桐壺帝の子として育てられて、のちの冷泉帝となる。ということは、つまり――」

自分は何を聞かされているのだろうと訝しがりながら、雅平は「つまり？」と訊き返す。

「つまりだな」と、宣能は口にするのも厭わしそうな顔で苦々しげに告げた。

「いま現在、主上の寵妃たる梨壺の更衣さまは臨月近く、実家に戻っておられる。そのようなときに『源氏物語』がらみの怪異が頻発するのは、冷泉帝が光源氏との不義の子であったように、梨壺の更衣さまの子も実は主上の子ではないのだと、天が示しているからだと――」

「はあ？」

雅平は心底驚き、思わず大きな声を出してしまった。

「なんだ、その悪意たっぷりの噂は。言いがかりにもほどがあるぞ。第一、上総宮の姫と廃屋の件は去年の出来事で、更衣さまのご懐妊の時期とまったくかぶっていないではないか」

「細かいことは気にしないのだろうよ。この噂を流した張本人は」

「意図的に流したというのか？　いったい誰が」

宣能の唇の片端が、皮肉な形に釣りあがる。

「まばゆいほどに御寵愛されている更衣さまを妬むかた、だな」

「それは……」

そのような人物は後宮にいくらでもいる。が、雅平は宣能の表情から、彼が誰のことを差しているのか、見当がついてしまった。

弘徽殿の女御だ。

雅平がそこに思い至ったのを、宣能も感じ取って浅くうなずく。

弘徽殿の女御にも言い分はあるだろう。誰よりも先に後宮に入って今上帝の妻となり、日嗣の皇子も儲けた。一の妃として帝に尽くしてきたのだ。なのに、中流貴族の娘たちの中から選ばれた、若い舞姫が一瞬にして帝の心を奪ってしまった。女御の誇りは、さぞや傷つけられたに違いない。

帝にしてみれば、初めておのれの心に従って選んだ相手。更衣のほうも帝に心を寄せ、野心もなく驕ることもない。誰が悪いとも言いようがない。

「まさに『源氏物語』だな……」

物語にも、弘徽殿の女御と呼ばれる女性が登場する。彼女は桐壺帝の最も有力な妃で、源氏の生母たる桐壺の更衣を妬み、彼女にさんざん厭がらせをする。更衣亡きあとも、忘れ形見の光源氏を目の敵にし、その失脚を企む。

完璧な悪役であり、このような存在こそが物語に華を添えているのだと言えよう。とはいえ、物語だからこそ楽しんでいられるのであって、現実の後宮でやられてはたまったものではない。

「こういう流れは好きではない」

弘徽殿の女御の甥にあたる宣能は、はっきりとそう口にした。彼の知己の右兵衛佐が梨壺の更衣の実弟であるために、更衣をいたずらに苦しめたくなかったのだろう。さらに言うなら、物の怪全般を愛する〈ばけもの好む中将〉にとって、怪異をおのが欲のために利用するやりかたは許容しがたいものがあったに違いない。

「そもそも、上総宮の亡霊も、廃屋の怪異も雅平の勘違いであったのに」

「あ、ああ、うん……」

廃屋はともかく、上総宮の霊はいるよ。ついこの間も、出たよ。見たよ。

とは明かせず、雅平は口を濁した。

「そこで、雅平にいっしょに来てもらいたいところがあるのだ」

「いまからか？」

「ああ。すぐそこだから」

言うなり、宣能は雅平に背を向けて歩き出した。やれやれと思いつつ、雅平も彼のあとに続く。

行き先は、本当にすぐそこだった。

近衛府は平安時代の官庁街とも言うべき大内裏(だいだいり)の中に位置し、周囲にも他の省庁の建造物が並んでいる。そのうちのひとつ、内教坊(ないきょうぼう)へと宣能は進んでいく。

内教坊は、宮中での節会(せちえ)や宴などで女性が行う歌舞音曲(かぶおんぎょく)、女楽(じょがく)を教習する部署だ。別当(べっとう)（長官）には納言以上で音楽に通じた者が任命され、実務を担う頭預(とうよ)、舞い手たる妓女(ぎじょ)に舞いを教える師などで構成されている。

建物の中に入るや、なるほど女性の多い部署だけあってか、甘やかな薫(た)き物の香りがそこかしこに漂っていた。簀子縁では、妓女らしき若い女人ともすれ違った。生まれながらの本能のごとく、雅平が魅惑の笑みを振りまくと、女人たちは袖で顔を隠して嬉し恥ずかしそうに逃げていく。

応対に出てきたのも女性の師だった。今日はあいにくと頭預がおりませんでと前置きしてから、彼女は惚れ惚れと雅平と宣能をみつめた。

「それにしましても、近衛中将さまがわざわざ、このようなところにおいでくださるとは。しかも、おふたり連れで」

浮き立つ気持ちを、こほんと咳払いをして静め、彼女は本題へと入った。

「お話はうかがっております。ひとをお捜しとか」

「ああ。これを落とした女人を捜している」

言いながら、宣能は直衣の懐から白い物を取り出した。弘徽殿で拾った、鬼女の牙だ。

あっ、と声が出そうになり、雅平は急いで口を袖で押さえた。

内教坊の師は眉根を寄せて、宣能の手もとをしげしげと眺める。

「それは……」

「箏の琴を弾くための付け爪だと思うのだが」

宣能の言葉を聞いて、雅平は上総宮の姫が七絃の琴を弾いていた折、竹製の爪を指にはめていたのを思い出した。と同時に、宣能が手にしている物が、象牙製の付け爪以外に見えなくなる。鬼女の牙ではなかったのだ。

安堵なのか失望なのか、雅平は全身から力が抜けていくのを感じた。が、こんなところで腑抜けているわけにもいかないと、下腹に力を入れて身体を支える。幸い、彼の動揺は女楽の師に悟られてはいなかった。

「似てはおりますが、いくらなんでも長すぎますわ。もしかして削り出し途中の品かもしれませんけれど。これをどこで？」

宣能は師の問いを聞き流した。

「というのは表向きの理由で……。実はね、妓女たちに女楽を教えているところを見せてはもらえないだろうかと頼みに来たのだよ」

師は怪訝そうに首を傾げる。

「舞楽こそ近衛中将さまのお得意でございましょうに。先日の桜の宴でも、おふたりはそれは見事に舞っておられたではありませんか」

「ありがとう。だが、まだまだ研鑽の余地はあってね。こちらの宰相の中将は、翌日の後宴で披露された女楽を見逃してしまったことを、たいそう悔やんでいて」

後宴に参加できなかったことは事実だが、女楽を見逃してうんぬんなどとは言ったおぼえがない。けれども、これも何か目的があってのことだろうと考え、雅平は宣能の邪魔にならぬように、口を真一文字に結んで、うんうんとうなずいた。

「どうだろうか。物陰からこっそりとで構わないから、われらの後学のために力を貸してくれないだろうか」

宣能が重ねて女楽の見学を乞うので、とうとう師も「仕方がありませんわね」と折れてくれた。華麗なる中将にぜひにと頼まれれば、承諾しないわけにもいかなかったのだろう。

妓女たちが緊張するからと、雅平と宣能は御簾の内側に追いやられ、そこから教習風景を眺めることとなった。

ほどなく、数人の妓女たちが庭先に現れた。庭に面した簀子縁に楽器が運ばれて、演奏が始まる。演奏者もすべて女性だ。楽の音が流れ、妓女たちも師の指示に沿って華麗に舞い始める。

合間合間に師の厳しい指導が入り、そのつど、妓女たちも懸命な面持ちで広袖を振るう。宴席の舞いとはまたひと味違う、妓女たちのひたむきな姿が雅平の目には新鮮に映った。良いものを見せてもらったという気はするものの、いまここに自分が居合わせている理由はまだわからない。

雅平がそう思っていると、

「さて、ここからがきみの出番だよ」

宣能が身を寄せ、小声で耳打ちしてきた。

「あの舞い手の中に、きみが見た鬼女はいるかい？」

なるほど、そういうことかと雅平は得心した。すでに答えは出ていた。

「舞い手の中にはいない。けれども――」

雅平は視線を庭から簀子縁のほうへと向けた。そこで楽を奏している女人たちのひとりをじっとみつめる。

あの夜とは違った地味な装束をまとい、十三絃の箏の琴をかき鳴らしている。もちろん、牙も生えてはいない。しかし、その艶っぽい目もとは見間違いようがなかった。

「彼女だ」

雅平がつぶやいたと同時に、彼女――朧月夜の女がちらりとこちらに目を向けたような気がした。彼女からは御簾の内側は見えないはずだし、宣能との会話が聞こえるほど近くもない。ただの気のせいだろうとわかっていても、雅平はどきりとした。それほどの美人だったのだ。

舞いの指導はまだ続いていたが、ふたりは目立たぬよう、その場を離れた。去り際に、文をことづけておく。宛先はもちろん、箏の琴を弾いていた美女にして。

それから半時ほどあと、思ったよりも早く、彼女は近衛府に雅平を訪ねてきた。さっそく小部屋に案内し、雅平は宣能とともに会見する。

女はいささか緊張気味の面持ちで、雅平とも宣能とも目を合わさずに、

「何やら見せたい物があるとの文をいただきましたが、わたくしにはなんのことやら心当たりもなく……」

と、小声で弁明する。その声を聞いた途端、雅平はため息混じりにつぶやいた。

「ああ、やはり――」

流れるように進み出て、彼女との距離を詰める。女も驚いていたし、宣能も興味深そうに雅平を見やる。

雅平は気にしていなかった。目もとだけでも充分だったが、その声を聞いて、彼女が朧月夜の鬼女に間違いないと確信し、物の怪ではなく本当に生きた人間だったと知った喜びが一気にこみあげてきたのだ。となれば、やるべきことはひとつ。口説くしかない。

雅平は女の手をわっしと握って熱くささやいた。

「名前も告げずに去ってしまったあなたを捜していたのだよ。物語の中の源氏と朧月夜は互いの扇をとり交わして別れたが、わたしたちにはそれすらなかったからね。大変だった。だが、こうして逢えた。これこそ、浅からぬ縁がわたしたちにはあったのだという確かな証(あか)しではあるまいか」

さらさらとよどみなく紡ぎ出される口説き文句に、女はあっけにとられ、

「なんのことをおっしゃっているのか、わたくしにはさっぱり……」

と否定し続ける。それで引きさがる雅平でもない。

「草の原をばかき分けて、あなたをひたすら尋ね続けたわたしの想(おも)いの深さが、どうしてわかっていただけないのだろうか。この孤独な心は、あの夜に垣間見(かいまみ)たほのかな月の影を探して、深い山の中をいまだ惑い続けているというのに」

物語の中で、朧月夜の素性を知らぬままに光源氏は彼女と契り、そのあとで改めて名を問うも、

うき身世にやがて消えなば尋ねても
草の原をば問はじとや思ふ

わたしがこの世からはかなく消えてしまったら、あなたは名前を知らなかったからと言い訳して、草の原をかき分け、わたしの墓を尋ねるまではしてくださらないのでしょうね、との歌を返されてしまう。

結局、朧月夜は名乗らぬままに去り、源氏は従者に探らせて、彼女は右大臣の娘で、弘徽殿の女御の五番目か六番目の妹なのだろうとあたりをつける。政敵の血縁者と知り、面倒なことになったと思いつつも、源氏は朧月夜のことが忘れがたい。とうとう、右大臣邸での宴に参加し、もしやと思う相手に向かい、

あづさ弓いるさの山にまどふかな
ほのみし月の影や見ゆると

あの夜にほのかに眺めた月の影が再び見えるかと期待して、いるさの山に踏みまどっております、と歌いかける。果たして、彼女はあの夜の朧月夜の君であった——かように『源氏物語』の中で綴られていた恋歌を引用しつつ、雅平は切々と恋心を訴えた。相手も悪い気はしていない様子だったが、だからといって雅平の主張を認めるでもない。

これでは埒（らち）が明かないと判断してか、宣能が「実はだね」とおっとりした口ぶりでふたりの間に割って入った。

「これをとあるところで拾ったのだよ」

彼が懐から出したのは、弘徽殿で拾った鬼女の牙——ではなく、象牙製の付け爪だった。

女の顔色が明らかに変わったが、彼女は硬い口調で「それが、何か」と知らぬふりを決めこむ。その反応も想定の内だったのだろう、宣能は平然と続けた。

「箏の琴を弾くための物だろうが、通常よりも長すぎると。内教坊でもそう言われたし、昨日のうちに訪ねた雅楽寮でも同じことを言われたよ。ところで、弘徽殿に鬼女が出たという噂は知っているかな？」

女はどう応えるべきか迷う素振りを見せた。雅平はすかさず、

「あれは鬼女ではない。あなただったのだよ、わたしの朧月夜の君」

言い切った彼の表情にも言葉にも、だまされたと恨む気色は微塵もない。むしろ、愛しいひとに再会できた歓喜に満ちあふれ、太陽のごとく光り輝いている。そのまばゆさに圧倒されたかのように、女は瞬きをくり返した。

宣能は求愛中の友人のことは気にせず、話を進める。

「まるで『源氏物語』の各場面を彷彿とさせるような怪異が、このところ頻発しているらしい。ついには弘徽殿に鋭い牙を持った鬼女が現れて、『朧月夜に似るものぞなき』と詠ったとか。この出来事を受けて、『かような怪異が起きるのは、いま現在、臨月にある梨壺の更衣の御子が、物語同様に帝の御子ではないという暗示ではないか』とおっしゃるかたがいてね……」

「そうでしたか。それは知りませんでした」

女は硬い口調で言った。いささか返事が早すぎるようでもあった。

「でも、この付け爪を四本そろえて口にくわえれば、おそろしい鬼女を装うことも容易だと思わないかい？」

宣能の問いに彼女は何も応えない。代わりに雅平が返事をする。

「牙ではなく付け爪だったと？　なんのためにそんなことを。いたずらか？」

「そうだね。誰かがふざけて、ほろ酔いの雅平をからかったのだろうと思えなくもなかったが、例の噂の件があるからね。しかも、貴重な象牙を惜しみなく使っている。とすると、これは単なるいたずらではなく、噂を流して梨壺の更衣さまを中傷するために計画されたと考えるのが妥当ではないかな」

そこまで説明されれば、誰が企んだのかは明白だった。

弘徽殿の女御しかいない。彼女には動機もある。鬼女が現れたのも弘徽殿の中だったのだから、仕掛けるのは簡単だろう。

女は観念したように目を閉じた。息を詰めているその姿が痛ましくて、雅平はあわてて彼女の擁護にまわった。

「待て、宣能。彼女は内教坊の妓女で、弘徽殿の女房ではないぞ」

「むしろ、弘徽殿の女房にこの役は任せられないよ。雅平は宮中の女房の顔をほぼほぼ把握しているから。よほどの新参でない限り、きみが知らないはずがない。登場した途端に、鬼ではないとばれてしまう」

事実その通りなので、「ああ、そうか」と雅平はあっさり納得した。

「繁成は趣味の関係から、細工物の職人たちとも親しいので、最近、こんな象牙製の付け爪を作るように依頼された者はいないか、訊いてもらったのだよ。実際、箏を弾くための爪を、通常より長く、四本作って欲しいと頼まれた職人がいたそうだ。爪をつけるのは通常、親指、ひと差し指、中指の三本だから、三つしか要らないのに。職人は、予備を含めているのだろうと解釈して請け負ったそうだが」

「で、その付け爪作製を依頼したのが女御さまなのか？」

「女御さまではないが、あのかたに仕える女房だったそうだ」

「なるほど。そして、その女房が朧月夜の君に四本の付け爪を渡した……」

女は目をあけると、力なくつぶやいた。

「朧月夜の君だなんて……。そんな仰々しい名前で呼ばれるに値するような女ではありませんのよ」

どこか自暴自棄になっているようにも聞こえ、雅平はとても見過ごしにできなかった。苦しんでいる女人、もしくは哀しんでいる女人がいれば、彼の性格上、慰めずにはいられなかったのだ。無闇に暑苦しいその想いを言の葉にこめて雅平は言った。

「では、月夜野と呼ぼう。あなたはもはや、朧に霞んでなどはおらず、こうしてわたしの目の前にいるのだから」

想いは伝わったのか、女は驚いて目を瞠り、「月夜野……」とくり返した。

「美しい呼び名ですわね……」

「ああ。だからこそ、あなたにふさわしい」

雅平にこれ以上なく真摯に言われて、女——月夜野はくすっと小さく笑った。

何かが吹っ切れたのだろう。彼女はおもむろに懐から象牙製の付け爪を三つ、取り出した。それらは宣能が手にしている付け爪と、完全に揃いになっていた。

「こちらの中将さまがおっしゃる通りです。この象牙の爪が、わたくしがいただいた報酬でした」

もはや弁解は無用と悟って、月夜野は淡々と言った。

「市で売れば、かなりの値がつきますものね。でも、こんな貴重な物を一本、わたくしはどこかに落としてしまって。きっと弘徽殿のあたりだと思い、こっそりと探しに行ってもみつけられませんでした。まさか、中将さまたちに拾われていたなんて」

「探しに行ったのか。老婆心から言うが、弘徽殿にはもう近づかないほうがいい」

「ええ、近づきませんわ。内教坊に通うのも今日を限りにする旨、舞いの師にも伝えましたから」

すかさず雅平が言った。

「妓女を辞めるというのか。もったいない。わたしはまだあなたの舞いを見ていないのに」

「ありがとうございます。ですが、これ以上、舞いは上達しそうにないとわたくしも自覚しておりましたので。師もそう感じておられたのでしょう、最近は箏の弾き手ばかりやらされて。遅かれ早かれ辞めるつもりでおりました。だから……、宮中を退く前に何か心に残るようなことをしてみたいと思って、女御さまの企みに荷担したのかもしれません。間違っていたと、いまならわかりますけれど」

　内教坊を辞める予定の妓女ならば足はつかないとの判断で、弘徽殿の女御も彼女に朧月夜役を振ったのだろう。あと一日動くのが遅くて、雅平が月夜野の顔を確認し損ねていれば、事態はうやむやになっていたかもしれない。

「そういうわけだったのだよ、雅平」

「あ、ああ」

「あとは噂が自然と収まってくれるのを待つしかないかな。さすがに女御さまのなさったことを公にするわけにもいかないし……。やれやれ。叔母上が更衣さまを妬むのもわからないではないが、もう少し御自分を抑えてくれると助かるのに」

　身内ゆえに宣能も心中は複雑だろう、その苦々しさが端整な面に浮かぶ。彼はさらに、

「せめて真怪であればよかったのに」

と、残念そうに独り言ちた。冗談ではなく本気で言っているのは明らかで、月夜野も困惑を隠せない。

　雅平のほうは、本物の鬼女ではなかったとわかって安堵する一方で、噂が収まるのを待つしかないという消極的な対策が不満だった。これでは、自分は利用されただけで終

わってしまう。妙な噂をたてられた梨壺の更衣も気の毒だ。月夜野も後味が悪かろう。

(なんとかできないか、なんとかできないか)

呪文のように頭の中でくり返すうちに、ふと閃く。そうだ、これだと思った次の瞬間、
雅平は大声で宣言していた。

「実はな、わたしは紫式部に祟られているのだよ」

——当然ながら、微妙な空気が流れた。

「……唐突だな」

眉をひそめる宣能に、雅平は胸を張って言い返した。

「いま確信したのだよ。実は、乳姉弟から紫式部が罪で地獄に堕ちたという話を聞いたのだが——」

小侍従から聞かされた源氏供養について語って聞かせる。宣能はすでに源氏供養を知っているふうだったが、月夜野は知らなかったらしく、目を丸くした。

「そんな、物語を書いた罪で地獄に堕ちるだなんて、あり得ませんわ」

雅平も大きくうなずいた。幼い頃から『源氏物語』を読み、光源氏のように大勢の女人から愛されたいと願ってきた彼にしてみれば、大切な愛読書を悪書呼ばわりされて不快にならないはずがない。

「そうだとも。おかしいだろう。物語の中で光源氏は多くの女人を苦しめたとも解釈で

きなくはないが、それはわかりやすい譬(たと)えを用いて世のひとびとを導くための方便であって、誰かをだますための虚言とは絶対に違うはずなのだ。地獄に堕ちるはずがないではないか」

雅平の力説に、月夜野も「ですわよね、ですわよね」と共感する。彼女も源氏の物語に胸ときめかせた読者のひとりだったのだ。

思いがけず意見が一致した嬉しさに、雅平はふっと彼女に微笑みかけた。月夜野は急に恥ずかしくなったのか、広袖で口もとを隠して目をそらす。その仕草もなんとも艶っぽい。

物語に登場する朧月夜は、悪役・弘徽殿の女御の妹。朱雀(すざく)帝に入内する予定だった彼女と通じたことにより、源氏は朝廷をないがしろにしていると非難されて、須磨(すま)に退くことを余儀なくされる。いわば、最大の危機を源氏にもたらしたのだ。

それでも、源氏は朧月夜を恨まず、自ら望んで須磨に旅立つ。それだけ、朧月夜は魅力的だったのだ。

きっと目の前の月夜野のように美しい女性だったのだろうなと、雅平は想像をたくましくした。

ならば、自分も源氏に倣って美女のために尽力しなくては。怪異も、地獄堕ちも、本来ならば関わり合いになりたくない事柄だが、あえてそこに踏みこむことにより悩める女人を救えるのであれば、本望である。——と、雅平が結論づけるのに長くはかからなかった。

「そういうわけで、紫式部が地獄に堕ちたこと自体には合点がいかないが、このところ、わたしの周辺で『源氏物語』を彷彿とさせる怪事が頻発していたのも事実。これはおそらく、世間から今源氏と呼ばれるようになったわたしに対し、驕ってはならぬと紫式部の霊が警告してくれているのではないかと思うのだよ」

熱弁する雅平の意図を悟り、宣能は興味深げに目を細めた。

「なるほど。それで紫式部に祟られたと」

「ああ。ついては、紫式部の供養を知り合いの僧侶に頼もうと思っている。本当は物怪よけの加持祈禱を頼むついでくらいにしか考えていなかったが、この際だ、宰相の中将は紫式部に祟られていると大っぴらに噂してくれたまえ」

大っぴらな噂という、どこか矛盾している表現に、宣能はぷっと噴き出した。月夜野もあっけにとられている。笑われようと、あきれられようと、すでに腹をくくっていた雅平は気にしない。

「そうだな。更衣さまへの中傷が吹き飛んでしまうくらい、派手に噂を流してやろうか」

「ああ、ぜひとも頼む。男冥利に尽きるというものだ」

むしろ自らの評判を落とすことにも繋がりかねないのに、雅平はためらわないし、宣能も明らかに楽しんでいる。月夜野はふたりを交互に見やってつぶやいた。

「おふたりとも変わっていらっしゃる……」

直後、ハッとして、「も、申し訳ございません」と謝罪する彼女に、雅平は言った。

「いや、わたしは普通だよ。変わっているのは、この〈ばけもの好む中将〉だけで、わたしはちゃんとばけものを厭うているのだから」

「ばけものを厭うて、女人を好む中将だな」

宣能が言うと、「それのどこが悪い」と雅平は開き直った。そのさまが、まるでやんちゃな少年のようで、月夜野も笑いを禁じ得なかった。

それからしばらくして――

雅平は新たな通いどころへと向かっていた。

七条の、やや小さめだが、たたずまいの洒落た家へと彼は入っていく。迎えてくれたのは、あの月夜野だった。

「ようこそおいでくださいました、雅平さま」

あでやかに微笑んで歓待する彼女の美しさに、雅平の頬も自然と緩む。月夜野の隣には小さな男の子がちょこんとすわって、恥ずかしそうに肩を揺すっていた。

「どうかな、新しい住まいは。急なことだったので、こんな狭いところしか手配できなかったが、いい家がみつかったらまた改めて……」

「いいえ。とても住みやすいですし、なんの不自由もありませんわ。吾子もたいそう喜んでおりますし」

狭いといってもそれは貴族の大邸宅と比べたらの話であって、月夜野とその子供、数人の端女(はしため)で暮らすには充分すぎるほどだった。周囲も静かで、これならばここで舞いや箏の琴の鍛錬にいそしむのも可能だろう。もちろん、子育てにも申し分ない環境だ。

「こうまでしていただいて、中将さまにはなんとお礼を申しあげたらよろしいものか」

内教坊を退いたあとはどこへ行くかと月夜野に尋ねた際、「象牙を売れば、しばらくは安泰でしょうね」と応えつつも、どこかほの暗い彼女の表情が気にかかっていた。詳しく訊いてみると、小さな子供がひとりいるが、子の父親とはすでに別れており、親戚にもこれ以上は頼りづらい。妓女として大成する道も断たれてしまい、さあどうすればいいのかと、途方に暮れている様子だった。女御の悪だくみに荷担したのも、そういう事情から自暴自棄になっていた背景もあったようだ。

ならばと、雅平がこの家を彼女に提供したのだった。もっと広い物件に心当たりはあったが、隣には彼の恋人の昼顔が住んでいるし、さすがにそれはと控えておいた。

「あなたの喜ぶ顔が見られるなら、わたしはそれで充分だから」

雅平の甘い言葉に、月夜野はますます嬉しそうに目を細める。子供も母親に釣られたように笑っている。

「さすがはお優しい今源氏さま。紫式部に祟られるわけですわね」

からかい気味に言われて、雅平も苦笑した。

「ああ。世間もどうやら、そう思ってくれたようだよ」

あの宰相の中将が紫式部に祟られた。

そんな破壊力のある噂は、あっという間に都中に広まった。さて、どうなることかと案じていたが、

「なんと。そのようなことが本当にあるのか」

「あの宰相の中将ならば、あるのやもなぁ」

「なるほどな。それゆえに『源氏物語』そのままの怪異が頻発していたわけか。おそろしや、おそろしや」

と、ひとびとはすんなり噂を受け容れたのだ。それが世間の自分に対する評価なのかと、雅平も心中複雑だったが、日頃の行いが行いだけに文句を言える立場でもない。

小さな子供は端女に任せて、月夜野はさっそく、雅平のために酒と肴を用意してくれた。雅平は箸をつけようとして、

「そうだ。これをあなたに返さなくてはならなかったな」

懐から小さな包みを取り出す。中から出したのは例の鬼女の牙、宣能が弘徽殿の近くで拾った物だった。

「宣能め、これを弘徽殿の女御さまにわざわざお見せして、『このような物を弘徽殿の近くで拾いました。もしかしたら、噂の鬼女の牙かもしれませんね。わたしには象牙の加工品としか見えませんが……』とやったそうだよ」

「まあ、それは大胆な」

と、月夜野は牙を受け取りながら目を瞠る。

「甥と叔母の間柄だからできたことだろうけれどね。女御さまは平然となさっておいでだったが、おそばに控える年かさの女房がひどくうろたえていたそうだ」

「きっと、その女房のかたが直接の手配をなさったのでしょうね。わたくしに話を持ちかけてきたのは、もっと下仕えのかたでしたが」

「そうか。間に幾人もおいているだろうから、女御さまを懲らしめるのは、やはり難しかろうな……」

「懲らしめるなんて、そんな」

月夜野は静かに首を横に振った。

「はばかりながら、更衣さまを妬まれる女御さまのお気持ちは多少なりともわかりますとも。わたくしも舞いがなかなか上達せず、あとから内教坊に入ってきた年下の妓女に技能で追い抜かれて、さんざんくやしい思いをしたものですわ」

「だからといって、その年下の妓女を陥れようとはしなかったであろう？」

「頭の中では何度もやりましてよ」

朗らかに告白されて、雅平は一瞬、ひやりとした。が、それは厭な戦慄ではなかった。むしろ逆だ。月夜野の妖しい美しさがいっそう引き立って、彼女への関心がますますかき立てられていく。

「はは、怖いな。では、あなたの心の鬼が再び目を醒まさぬように、わたしがしかと見張っていなくてはなるまい」

「ぜひともお願いいたしますわ」

月夜野は部屋の片隅に置かれた厨子へと向かい、その中に鬼女の牙を仕舞いこんだ。どうやら、残りの三本もそこに置かれているらしい。

「女御さまとのことは、わたくしにとって良き思い出となりました——」

まるで遠い昔のことのように、月夜野はしみじみと言った。

「鬼女の牙、早々に手放して暮らしの足しにするつもりでしたが、自分への戒めとして手もとに置いておきますわね。もう二度と、鬼にはならぬようにと……」

「そうだな。わたしがあなたをけっして鬼にはさせないよ」

語気を強めての約束には、彼女の生活面だけでなく心の面も満たしてあげようという雅平の決意が込められていた。

月夜野もそれを感じ取り、鬼女ならぬ天女のごとくに優しく微笑み返したのだった。

ほどなく、梨壺の更衣が無事に女児を出産した。

男児が産まれたら、わが子、東宮の地位をおびやかす存在になるやもしれない——と弘徽殿の女御は案じていたのだが、その心配もなくなって、彼女もどうにか落ち着いてくれた。

そんな幾つかの要因が重なり、梨壺の更衣への悪意ある噂はやがて、きれいに消え失せていった。

コラム③ 朧月夜のこと

朧月夜は弘徽殿の女御の妹で、朱雀帝のもとに近々、入内することが決まっていた身であった。なのに、光源氏に迫られて、びっくりしながらも応じてしまう。これが彼女にとっての初体験だったらしい。かくして、帝の妃候補を盗んだとされ、源氏の立場は悪くなって須磨に引きこもらざるを得なくなるのだ。

朧月夜に関しては、最初に仕掛けてきたのは明らかに源氏だけれども、自分のほうからも彼を選んだ感があって、その自立性をメガホン持って応援したくなる。都に戻ってきた源氏が彼女との復縁を望むも、帝を思ってお断わりしている点もポイントが高い。流されているようでそうでもなく、ちゃんと自分の意志を通してきたわけだ。

朧月夜は源氏との噂が立ったために入内しづらくなり、妃という形ではなく、帝の身のまわりのお世話をする高位の女官・尚侍として、朱雀帝の実質的な妻となる。子には恵まれなかったものの（どうしても子の有無が立場の強化に直結する）、帝からは深く愛されたそうだから、それなりに幸福であったのだと思いたい。

光源氏降臨、そして幻へ

桜が惜しまれつつも散っていき、代わって藤が花開く頃となった。

四季のうつろいに敏感な宮廷女房たちは、装束の表を紫に、裏に萌黄色（緑）を、あるいは薄い紫の裏に濃い紫を重ねるなどして、それぞれに藤の花を思わせる彩りを身にまとっていた。さながら春の精霊のごとき姿で、後宮の庭先の藤の花を愛でる。

「紫の濃淡が本当に美しいこと」

「桜の美しさも見事だけれど、この季節の藤の花はまた格別なものがあるわね」

「藤の紫はほら、最も高貴な色だと言われているから」

そんな他愛もない会話をきっかけに、女房のひとりが世俗の噂ばなしをおもむろに始めた。

「紫と言えば……、聞きまして？　宰相の中将さまが紫式部に祟られたという噂を」

「あら、知らないひとがいるかしら？」

「今源氏とも呼ばれている中将さまなら、そういう目に遭われるのも致しかたないかもね」

くすくすと女房たちは檜扇を揺らしながら笑う。通常ならば恐ろしいはずの怪異譚も、内容が内容だけに、彼女たちも単純に面白がっている。

さすがに他人の不幸を笑うのは気が引けたのか、誰かが言った。

「でも、お知り合いの僧侶に加持(かじ)をしていただいたそうだし、もう大丈夫なのでしょう?」

「でしょうね。中将さまもさっそく女人たちのもとに通い始めておいでだから」

「あら、今度のお相手はどなたかしら?」

「それがね……」

最初に雅平の話を始めた女房が、この展開を待っていたように声をひそめて告げた。

「藤典侍(とうのないしのすけ)さまなのよ」

典侍は、帝(みかど)のそば仕えの女官たちが所属する内侍司(ないしのつかさ)の次官である。長官の尚侍(ないしのかみ)は帝の寵愛(ちょうあい)を得ることもあり、実務はもっぱら次官の典侍が担っていた。

藤典侍(藤原姓から役職名に藤がついた)の名が出た途端、女房たちはざわっと、いっせいにざわついた。

「本当に?」

「まさか、そんな」

「だって、あのかたは五十をとうに超えていらっしゃるはずよ。宰相の中将さまのお歳(とし)の倍は軽くあるわ」

「いくらなんでも、それはないのではなくて?」

「そうよ。第一、それが本当だとしたら、また『源氏物語』の再現になってしまうわ」

女房たちがかまびすしく言う通り、『源氏物語』にも源典侍という女性が登場する。上品かつ有能な才女で、年齢は五十七、八。平安時代では、すでに老人の域に達している。

この源典侍と十九歳の光源氏が、男女の関係となるのだ。

物語では、源典侍はかなりの好き者として描かれ、彼女のほうから光源氏に積極的に誘いかけていく。源氏は辟易しつつも、あまりつれなくしてはと思ううちに――となっている。

そのことを知った友人の頭の中将は、普段は真面目な顔をしている源氏を、いい機会だ、からかってやろうと企み、ふたりの寝所に乱入する。源氏は、源典侍の恋人の修理大夫が忍んできたのだと勘違いし、老女を挟んでの修羅場が発生する。しかし、源氏も途中で相手が頭の中将だと気づき、若者ふたりは笑いながら、ともに退出する。

末摘花の逸話と同様に、笑いの要素を含んだ挿話のひとつだ。

平安時代は老いに対して厳しく、老醜をあざ笑う話が少なくない。源典侍の行動も、みっともないことだと批判的に描かれている。源氏の態度も相当なのだが、年齢差がこれだけあると非難もされてしまいがちなのだろう。

女房たちは藤典侍と雅平の話を聞いて、信じられないと口々に言い合った。そこに嫉妬がなかったとは、とても言い切れない。

こういう反応を待っていたのだろう、噂を披露した女房は楽しそうに笑った。

「驚いたでしょう？　でも、本当のことなのよ。だって、藤典侍御本人が『長生きはするものね。まさか、物語通りの出来事がいまさら、わが身にふりかかるなんて。まるで夢のようだわ』と嬉しそうに話しておいでだったのですもの」

当事者が語っていたとなると、話も信憑性が増してくる。しかも、相手は色好みで有名な宰相の中将だ。あのかたならばあり得るかもと、みながみな、思ってしまう。

「さすがは今源氏だわねえ……」

ひとりが言うと、ほかの女房たちもうんうんと首を縦に振った。

「でも、これがきっかけになって、また祟りがぶり返さなければよいのだけれど」

誰かが冗談半分で、雅平の身を案じるようなことを口にした。本当にねえ、と女房たちが興がって笑い合う。

それがやがて冗談ではなくなることを、このときの彼女たちはまだ知らなかった。


六十近い藤典侍と二十代の宰相の中将が付き合っている——

これまた破壊力のある噂は、当の雅平の耳にもやがて届いた。それを伝えたのは、癒やしの中将の有光だった。

繁成の職場でもある校書殿に、用もないのに他の中将たち三人が集まっていた折、有光がにこにこしながら無邪気に尋ねたのだ。

「聞いたよ。あの藤典侍と付き合っているのだって？」

問われた雅平は、目をぱちくりさせて訊き返した。

「なんだって？　あの藤典侍とわたしが？」

「ああ、そうだよ。光源氏と源典侍の話にそっくりそのままだと、女房たちが大層面白がっていたよ」

「いや、それはない。ないない」

雅平は首といっしょに手を左右に振って、強く否定した。

「わたしは年上の女人も好みだし、十歳、二十歳程度の差ならば別段、気にもしないが、さすがに三十、四十差となればためらうぞ」

「そうなんだ。九十九髪の老女と契った在原業平の例しもあるのに、意外に好みが狭いね」

かつて、ひたむきで苦しい恋を経験したことのある有光は、ふふっと苦笑した。

「かの光源氏は六十近い源典侍ばかりでなく、十歳の若紫にも関心を示していたのに、今源氏のきみらしくもない」

光源氏は十八歳の春に、十歳の若紫と出逢う。若紫が最愛の藤壺の女御に似ていることから心引かれ、攫うようにして彼女を引き取る。ふたりの結婚はその四年ほどのちだった。

有光が若紫に言及した途端、それまで黙っていた〈ばけもの好む中将〉の宣能がことさら低い声で発言した。

「十歳の少女に手を出すようなことがあらば、さすがに縁を切るぞ、雅平」

宣能には、ちょうどそれくらいの年齢の妹がいたのだ。冗談めかした口調の底に本気の脅しを感じ取り、雅平はさらに激しく首と手を振った。

「ないない。それもない。大体、幼い少女を自分好みに育てあげようなどと、土台無理に決まっているではないか。わが子でも難しいのに、子育ての経験もない独り身の男が、できるわけもない。物語だからこそ成り立つのであって、そんなことをやろうと本気で考える痴れ者が、果たしてこの世にいるものなのか？　いたとしたら、救いようのない身のほど知らずだぞ。それに、おのれの力で美しく咲いている花だからこそ、出逢えた瞬間の喜び、驚きは譬えようもなく尊いのに、どうしてそれに手を加え、ねじ曲げようとしたがるのか。まったくもって、わたしには理解できないな」

必死の訴えに宣能も納得したのか、「ならばよかった」と短く返す。雅平がホッと胸をなでおろしていると、頭の中将の繁成が苦々しげに言った。

「まったく。前にも訊いた気がするが、かたがた、なぜ用もないのにこの校書殿に群れ集うのか」

「前にも言った通りだよ。ここは帝のおわす清涼殿にも近くて、何かと便利だからねえ」と、有光がてらいもなく応えれば、

「便利だから」と雅平が言い、

「便利だ」と、宣能も言う。

繁成は額に手をあてて、ため息をついた。

さすがにこれ以上、繁成の公務の邪魔をするのも気が咎めてきた。加えて、いましがた聞いた噂が気になって、雅平は藤典侍が伺候する温明殿へと足を運ぶことにした。

行ってはみたものの、さて何をどう尋ねてみればよいのやら。藤典侍はこの噂を知っているのだろうか。そもそも、こうして温明殿に近づいているところを誰かに見られたら、「やはり、あのふたりは付き合っているのだな」と誤解されなくはないか。

そんなことをぐるぐると考えているうちに、

「あら、そこにおいでなのは……」

との声が聞こえてきた。振り向けば、温明殿の簀子縁に藤典侍が立って、こちらを驚きの目でみつめている。ぎょっとすると同時に、捜す手間が省けたとも思い、雅平は急ぎ、彼女のもとに駆け寄った。

「これはよいところで逢えた。典侍どの、実は――」

例の話を切り出そうとしたのもつかの間、藤典侍のほうが先に、少女のように可憐な声で言った。

「もしかして、わたくしに逢いに来てくださったのですか？」

「は？　ま、まあ、そうとも言えるが」

藤典侍は口もとを広袖で覆いつつ、なまめかしい流し目をして意味ありげなことをささやいた。

「いけないかた。わたくしには長い付き合いの恋人がすでにおりますと、さんざん申しあげましたのに……」

雅平は返す言葉を失い、その場に棒立ちとなった。

長い付き合いの恋人とは誰だろう。ああ、あれか。修理大夫と深い仲だとどこかで聞いたような――と、内裏の修理造営を行う修理職の長官の顔を思い浮かべる。あちらは藤典侍と歳も近く、いかにも似合いのふたりだった。『源氏物語』の源典侍も修理大夫と付き合っていたし、物語を地で行く恋人たちだと、宮中ではそれなりに話題になっていたのだ。

とはいうものの、恋人うんぬんといった立ち入った話を直接、藤典侍とした記憶が雅平にはなかった。いくら考えても、ない。

「そのような話をしたことがありましたっけか」

なんとか声を絞り出して問うと、

「そらとぼけるおつもりですのね。なんて冷たいかた」

藤典侍は恨みがましくも甘えるようなまなざしを向けてくる。彼女が雅平を愛しい男として見ているのは明らかで、雅平はますます困惑してしまった。

おおかた、紫式部に祟られた話が尾を引いて、誰かが『源氏物語』の源典侍の例を持ち出し、自分と藤典侍に当てはめた噂を勝手に流しているのだろうと、彼は予想していた。が、事態はもっとひどかったようだ。どこでどうしてこうなったのか、見当もつかない。

「藤典侍どの、あの……」

さらに詳しく訊こうとするも、

「いけませんわ。宮中ではどこに目や耳があるか、わかりませんのよ。ですからね、また今宵……」

意味深にささやいて、藤典侍は裳裾を翻し、殿舎の中へと素早く身を隠してしまう。

雅平は彼女を引き留めることもできず、しばし呆然と立ちすくんでいた。

夜がふけゆくにつれ、春とはいえ、吹く風はそこそこに冷えてくる。空にかかる細い月も、薄雲に覆われて見るからに寒々しい。

しかし、従者の惟良を連れて夜歩きに出た雅平は、寒さもまったく気にしてはいなかった。今宵の夜歩きは目的も意気込みも、いつもとはまるで違っていたからだ。

目指したのは、あの藤典侍の住まい。また今宵、と言われたからには行かざるを得まい。そこにはきっと、藤典侍だけでなく、自分の名を騙った男もいるのではないかと雅平は予想していた。

いったい誰が、なんの目的でわが名を騙ったのか。巫山戯るにもほどがある。藤典侍に対しても失礼ではないか、と雅平は義憤に駆られていた。

百歩譲って、何か誤解があったとしよう。人工の照明が乏しく、夜が暗すぎる時代において、忍んでいった先で恋人を取り違えることもなくはない。物語にも、そういう場面はたびたび登場する。だとしても、他人のふりをしたままで藤典侍を欺き続けるのは、さすがにどうなのか。

雅平にとっても、身におぼえのない噂は迷惑千万。このまま放置しておくのは、どうにも我慢がならなかった。

幸い、優秀な従者の惟良が藤典侍の家人と事前に話をつけていたため、こっそり手引きをしてもらえた。惟良を簀子縁に待機させ、藤典侍の寝所にうまく侵入しおおせた雅平は暗がりにひそみ、部屋の中の様子を息を殺してうかがう。

寝所では、年齢差のある恋人たちが睦み合っている真っ最中だった。藤典侍は「あが君、あが君」と切なげに呼びかけながら、直衣姿の男にひしと抱きついている。男の顔は見えないが、背格好は雅平に酷似していると言ってよかった。

雅平はううむと小さくうなって、眉間に皺を寄せた。

覗きたくて覗いているわけではない。しかも、片や六十間近の老女、片や雅平の名を騙る不埒者なのだ。日頃の自分の行いを揶揄されているようで、痛烈に恥ずかしいし腹も立つ。

雅平は脅しのつもりで太刀を帯びていた。抜く気はなかったが、いざとなったらやってもいいかもしれないと思い始める。

（いや、待て。そう逸るな。まずは相手の正体を見極めてからだ）

自らに言い聞かせ、雅平はすうっと口から息を吸って、低い声を出した。

「そこにいるのは宰相の中将か」

藤典侍の声と動きがぴたりと止まった。男のほうはゆっくりと身を起こし、雅平がひそむ暗がりに背を向けたままで応えた。

「いかにも」

この期に及んで雅平のふりをしているのだ。相手の落ち着きはらった口調が、雅平にはひどく癪に障った。

まだ、しらを切るつもりか。そちらがその気なら、こちらも容赦はしないぞといっそう意気込み、まなじりを釣りあげる。

「偽りを申すな、痴れ者め。その顔、しかと見せてみよ」

雅平は前に飛び出し、不埒者につかみかかろうとした。

が、相手は重さをまったく感じさせない動作で、ひらりと身をかわした。そのひと跳びで部屋の隅に逃れ、こちらに向き直る。

相手の顔を見た瞬間、雅平はうっと息を呑んだ。

自分とそっくり同じ顔をしていたのだ。

無表情ではあったものの、くっきりとした目鼻立ちは鏡に映したかのごとく。背格好もほぼ同じで、これならば親兄弟でもだまされかねない。雅平自身でさえ、これはわたしではないのかと疑いたくなった。

「おまえは誰なのだ……」

あまりのことに、雅平の誰何の声も勢いが削がれてしまう。

その隙に、相手はひと言も発しないまま消えていった。まさに煙のごとくに。

目前で起きた奇怪な現象に雅平が呆然としていると、藤典侍がおそるおそる言った。

「中将さま、あが君、いったい何を……」

藤典侍は男が消えた瞬間を見逃したのか、だいぶ混乱した体で震えている。

「典侍どの、いまここにいたのは、いったい誰なのだ」

「あなたさまですわ。何をおっしゃっておいでですの。突然に大声を出されて、どうなさったのですか。何かお気に召さないことでもありましたのでしょうか」

藤典侍の声がうわずっていく。半泣きになる彼女を責めるのも違う気がして、雅平は唇を噛んだ。心配して部屋を覗きこんでいた惟良を振り返ると、彼も何が何やらわからないといった顔をしている。はっきりしているのは、これ以上、ここにいてもどうしようもないということだけだ。

「……申し訳ないが、わたしも混乱しているのだ。今宵はもう帰らせてくれ」

「そんな。あが君、あが君」

「そう呼んでくれるな。わたしたちの間には何もなかったのだよ」

「何を仰せですか、あが君」

すがりつこうとする藤典侍に、すまない、本当にすまないとくり返しながら、雅平は這々の体で逃げ出した。惟良もあわてて主人のあとに続く。

「雅平さま、これはいったい……」

「訊くな。わたしにもわからん」

不埒者を懲らしめるつもりで来たのに、なぜこうなってしまったのか。自分そっくりのあの男はいったい何者なのか。ひとか、それとも物の怪か。現場から逃れおおせても、雅平の混迷の度合いは深まっていく一方で、その夜はとても安眠などできなかった。

翌日になっても、雅平の動揺は醒めやらない。

とりあえず内裏に出仕はしたものの、公務に手がつかない。こんなどうしようもないときは賢い友人に相談するに限ると、雅平は校書殿へ向かった。行ってみると、頭の中将の繁成だけでなく、宣能と有光までそろっていた。

怪異に詳しい〈ばけもの好む中将〉までいるとは好都合だ、と雅平はさっそく昨夜の一件を彼らに語った。理屈くさい繁成はうさんくさげに、有光は目を丸くして、宣能はふむふむとうなずきながら耳を傾ける。

「いまの話を聞いた、わたしの感想だが」

「ああ、忌憚なく言ってくれ」

〈ばけもの好む中将〉のご高説をぜひとも聞こうと、雅平は真剣に身を乗り出す。宣能はお得意の怪談がたりをすらすらと始めた。

「思い出したのは、あの話だな。いまは昔。とある中将が、二歳ほどのわが子を邸の南庭で遊ばせていた。すると、急に子が激しく泣き出し、いっしょにいさせた乳母の叫び声まで聞こえてくる。中将が急ぎ南庭に向かうと、なんと姿かたちがそっくり同じの乳母がふたり、間に子を挟んで取り合いをしているではないか。どちらが本物かもわからないが、ひとりはきっと狐が化けているに違いないと中将は考え、太刀を抜いて走りかかった。すると、片方の乳母は途端に消えてしまったのだという」

「消えた……」

昨夜の偽の自分も、目の前で忽然と消えてしまった。思い返して戦慄する雅平の耳に、有光が「それは怖いな」とつぶやいたのが聞こえた。子育て中の彼だからこそ、幼子に降りかかる災難は他人事ではなく思えるのだろう。

「子供も乳母も死んだように気を失っていたので、急ぎ僧侶を呼び、加持祈禱をさせた。しばらくして意識を取り戻した乳母に、何事があったのかと問うと、『若君を遊ばせておりましたらば、奥のほうから知らない女房がいきなり現れ、「これはわが子なり」と言って若君を奪い取ろうとしたのです。そうはさせまいとあらがっていたところに、太刀を手にした殿が走ってこられ、その女房は若君を放して、奥へと逃げていってしまいました』と語ったそうだ」

「ほう。乳母の目には知らない女に見えて、その中将の目には乳母そっくりに見えていたというわけか。面白い現象だな」

理屈っぽい繁成は、学者のような興味の示しかたをした。雅平はとてもそこまで冷静にはなれず、鳥肌の立った両腕をいそがしくさする。

「では、わたしが見たのも狐だったのか？」

雅平の問いに、宣能は小首を傾げた。

「さあ、それはどうだろう。この話でも、狐が化かしたかと中将が勝手に考えただけで、もしかしたら家に巣くった物の怪のしわざだったのかもしれない。そこはついにわからずじまいだったと、世には伝わっているよ」

「狐、もしくは物の怪のしわざ……」

どちらにしろ、不気味なことには違いない。

「もしかして、雅平は本当に紫式部に祟られているのかもしれないね」

柔らかな笑みをたたえて、有光が怖いことを言う。その可能性を考えないでもなかっただけに、雅平はさらにぞわぞわと鳥肌を立てた。

「それを言ってくれるな、有光。第一、式部の供養ならば、この間、ささっと済ませたばかりだぞ」

「物の怪よけの加持祈禱のついでに、ささっとね。雅平は式部の地獄堕ち自体を信じていなかったようだし、その分、手を抜いてはいなかったかい？　中途半端な供養に式部が腹を立て、本格的な祟りが発動したとかだったりして」

「他人事だと思って面白がるな、有光。宣能、こら、怪異の専門家。きみはどう思うのだ」

必死になる雅平に、宣能は微苦笑を浮かべた。

「専門家ではないよ。それに、『源氏物語』がらみの怪異はこれまでにも何度かあったが、すべて偽の怪だという結論が出ているからねえ」

「全部ではないぞ。上総宮の霊は本当にいたのだよ」

「はいはい」

「そも、廃屋で見た、むくつけき足の集団は……」

「だから、あれは酔いが見せた幻だよ」

「朧月夜の鬼女は……確かに、その、偽の怪だったが」

もごもごと口ごもる雅平を、宣能は同情のまなざしでみつめた。

「私見を言わせてもらうとね、藤典侍の件は暗がりでのことだったし、誰かを見間違えた可能性が少なくない。相手も、宰相の中将の名を騙って藤典侍をだましていたようだし、きみに容姿を寄せていく程度の工夫はしていただろう。忽然と消えたように見えても、たとえば濃い色の帳の中に隠れるなどすれば、ひとの目をくらますことは充分可能だ」

普段なら怪奇な話に喜んで飛びつく宣能も、今回は慎重だった。やはり、雅平が体験する『源氏物語』がらみの案件はどれも怪しい、と前例ができてしまったのがよくなかったようだ。

「百歩譲って、何かの間違いでなかったのだとしたら、狐に化かされたということかな。正直、狐や狸（たぬき）に化かされる話は、怪異の中でもあまり好みではないんだ。なんというか、情緒に欠ける気がしてね」

「物の怪ばなしに情緒のありなしが関わってくるのか？」

「くるのだよ、これが」

宣能なりのこだわりがあるのだろう、そこは力強く断言する。

繁成が面倒くさそうに言った。

「心配なら、また僧侶に加持祈禱をしてもらえ。それでも足りぬというなら、陰陽師（おんみょうじ）に物の怪よけの祈禱をさせればいい」

この時代の貴族は、何をするにも陰陽師の占いに頼りがちだった。雅平もそうする以外にないかと考える。が、それはそれで気が進まない理由があった。

「わたしの家に出入りしている陰陽師は、昔に比べて腕が落ちた気がしてならないのだよ。不吉だからと言われた通りにいつもと違う道をたどったら、逆に面倒なことに遭遇もするし。最近は目が霞（かす）んで、星占（ほしうら）ができないとぼやいていたからな。歳も歳だし、仕方ないのだろうけれど。誰か、別の陰陽師を紹介してはくれないかな……」

ぼやく雅平に、宣能がふと思いついたように言った。

「陰陽師の知り合いならば、いることはいる。紹介しようか」

「いるのか？ 頼む、ぜひとも紹介してくれ」

宣能が紹介する陰陽師ならば、きっと優秀に違いない。おびえる雅平が無条件にそう信じ、飛びついたのも無理からぬことではあった。


翌日には、雅平の邸に宣能から紹介された陰陽師がさっそくやってきた。

「陰陽師の歳明（としあきら）でございます」

歳の頃は三十近くであろうか。背は高からず、低からず。これといって特徴のない顔立ちではあったものの、陰陽師という肩書きが先行していただけに、

（なるほど、どこにでもいるような平凡な男に見えるが、きっと能ある鷹（たか）は爪を隠すという、あれだな）

雅平は勝手にそう解釈した。これで事態は好転するはずという、根拠なき期待感のなせるわざであった。

「歳明と申すのか。よい名だ。かの天才陰陽師、安倍晴明（あべのせいめい）と字面が似ている点が縁起もいいように感じる」

「ありがとうございます」

褒められて、歳明も率直に喜ぶ。そういうところも好印象だなと雅平は受け取った。ただでさえ、怪異に遭遇して心が弱っているところに、居丈高な対応をされてはたまったものではない。何か勘違いをして「わたしを誰だと思ってるんだい」と謎の脅しをかけてくるような輩(やから)でなくてよかった、と雅平は心底安堵(あんど)した。

「話は宣能から聞いているかもしれないが……」

いちおう前置きをして、藤典侍の一件を説明する。黙って耳を傾けていた歳明は、一部始終を聞き終えてから、おもむろに口を開いた。

「なるほど。確かに不思議な出来事でございますね。狐に化かされたのではとお考えになるのが順当ではございましょう」

「では、狐ではないと?」

「断言はできかねますが、不可解な出来事がありますと、これは狐か狸に化かされたのだとみなし、それ以上、考えないようにする風潮が世の中には見られます。それはそれで仕方のないこと。不安や恐怖をへたに大きく膨らませないよう、思考を停止させる手段でございますれば」

「思考を停止」

「はい。たとえば、不幸な出来事が続く者に、原因は何かと問われた術者が、『百年前の先祖が白蛇を殺した祟りである』と答えたといたしましょう」

「ふむ。よく聞く流れではあるな」

「ですが、それはその術者が言っているだけのこと。百年前の先祖が『某月某日、わたしは白蛇を叩き殺した』と日記に記し、その記録がみつかったわけではございません。誰もそれが確かな事実であると証明できないのです。告げた術者でさえ、言うだけで証拠の品は出せません」

「まあ、そうであろうな」

「ですが、言われたほうは原因が判明したと喜び、加持祈禱を行い、それで心が落ち着きます。こうなれば、もはや問題は片づいたも同然。そのような調子で、妙な出来事があっても、『狐に化かされたのだ』で片づけて、それ以上、考えないようにする。注目し続ければ、その対象は心の中でどんどんと大きく育っていきます。しかし、見ないでいれば、やがて忘れてしまい、心は安定する。そういう作用なのだと思われます」

「ほうほう、なるほどな。〈ばけもの好む中将〉は狐狸の類いの話は情緒がないと腐していたが、思考の停止そのものを敬遠していたのかもな」

「獣のしでかしたことならば考えても仕方がないと、とりあえずの結論がすぐ出てしまいますからね。世間一般ならば、それでもよいのですが、あのかたは怪異を追い求めたいかたなので、探る楽しみを取りあげられたように感じてしまわれるのでしょう」

うんうんとうなずきながら、雅平は歳明への好感度を上げていった。他の中将たちに「気のせい」「何かの間違い」と否定されたあとだけに、黙って話を聞いてくれる、理性的に説明してくれる、それだけで嬉しかった。

「では、歳明、こたびのわたしに降りかかった怪異をなんと見る？」

「そうですね……。おのれとそっくり同じ姿をした者をご覧になった、とうかがって、わが国では狐狸の類いを考えがちですが、わたしは遠い西の国に伝わる話を思い出しました」

「遠い西の国。天竺（てんじく）か？」

天竺とはインドのことであった。

「唐（から）天竺よりも、さらに西でございます。そのあたりの言葉で、どっぺるナントカ……〈もうひとりの自分〉〈分身〉と称されているのだとか」

「どっ……か」

聞き慣れぬ単語を発音できず、雅平は適当につぶやいた。

「わざわざ、そのような言葉があるほど、ありふれているのか？」

「あちらでも稀（まれ）な現象ではございます。もうひとりの自分と出逢うと、よくないことが起きるとされ、最悪、死に至るのだとか」

「なんと」

不吉な説明に、雅平は激しく戦いた。

「もちろん、何事も起こらぬ例しもあるのですが、概して凶事の前兆とされておりますね」

「きょ、凶事の前兆……。最悪、死に……」

脱力感から雅平はその場に両手をついた。狩衣に包まれた背中には、暑くもないのに汗が流れていく。大袈裟なようだが、当人はいたって本気だった。

「わたしはまだ二十も前半の若さで理不尽に死にゆくのか……」

「いえ、まだそうと決まったわけでは。改めて、中将さまの骨相を拝見してもよろしいでしょうか」

「頼む。ぜひとも頼む」

暑苦しいほど熱心な求めに応じ、歳明は真剣な面持ちで、じっと雅平をみつめた。

部屋の隅の二階棚の上には香炉が置かれ、空薫き物の香りとともに細い煙を立ち昇らせていた。風もないのに視界の隅でその煙が揺れるのが、雅平はとても怖かった。

陰陽師の視線にさらされた時間は長く感じられたが、実際にかかったのはそうでもなかった。歳明はいったん目を伏せて視線をはずし、

「祟られている、とまでは申せませんが……」と言葉を選びながら告げた。

「怪しい気配は感じられます。『源氏物語』の作者、紫式部の亡魂が関わっているやも、

との疑いは捨てられません」

「やはり、そうか」

雅平は思わず声を大きくした。何が「やはり」なのか、彼自身にも定かではなかったが、そう言い切った瞬間、胸がすっとしたのは否めなかった。

「式部の供養はいちおうしたつもりだったが、あの程度では足りなかったと、そういうことなのだな」

「どの程度の供養をなさったのか存じあげませんので、わたしはまだなんとも……」

「いや、あのときは物の怪よけの祈禱のほうが優先で、式部はついでだったし、そもそも本気で式部に祟られているとは思っていなかったので、効き目がなかったことには納得しているのだよ」

雅平は説明しながら、納得の理由を自分で組み立てていく。歳明も「そうでしたか」と受け容(い)れ、彼を温かく見守っている。

「つまり源氏供養を、紫式部の供養を再度しっかりと行えばよいのだな？　例えばだが、派手な法会を大々的に開催するとか」

「そうですね。それも大事ではありますが……。どうでしょう、『源氏物語』の絵巻物を作って奉納されてみては」

「絵巻物？」

「はい。今源氏と呼ばれる中将さまそっくりの男とは、おそらく、物語の中の光源氏ではないかと、わたしは思うのです」

「物語の中の光源氏……」

「これほど多くのひとびとに愛される物語の主人公ならば、想（おも）いを集めて自らの姿を具現化することも叶（かな）いましょう。作者の意志だけではなく、読者の夢や願望が託されているのですからね」

「なるほど。つまり、わたしは今源氏と呼ばれるほど美麗なる容姿であったがゆえ、物語の光る君に姿を写しとられたというのか」

「はい、おっしゃる通りで」

自分が美男だと堂々と認める雅平に、歳明もひるまず肯定する。

雅平は両手でおのれの頰を押さえ、おおう……とため息をついた。息に煽（あお）られ、彼の密なまつげがふるふると繊細なまでに震えた。その絵面だけ見れば、苦悩する貴公子として申し分なかった。

「光源氏に譬（たと）えられるのは名誉なことだが、しかし、わたしの姿で勝手に女人たちのもとに通われるのは迷惑……。いくらなんでも、まったく関係をもっていない相手との噂までは引き受けかねるぞ」

「ですから、『源氏物語』の絵巻を作製し、絵画という具体的な形を光る君に与えて供養するのです。さすれば、紫式部の霊ともども光源氏の幻影も満足し、怪異は収まるのではないかと思われますが」

ふむふむと雅平はうなずいた。絵巻作製と聞いて、それならばと一案が浮かんでもいた。

「実は、わたしの母が昔から『源氏物語』を愛読して、物語の各場面の絵を手すさびに描いていたのだよ。もし母の許しが得られたなら、その絵をまとめて絵巻にし、寺院に奉納する形でどうだろうか」

「それは良き案かと思われます」

「わかった。では、母にはわたしから話してみるとしよう」

これでとりあえず、怪異を鎮めるためにやるべきことのめどはついた。ホッとする雅平に、歳明が言いにくそうに切り出した。

「あと、それと」

「ん？　まだ何かあるのか？」

歳明は重々しくうなずいた。

「——中将さまの背後に、紫式部や光源氏とは別の霊が見えます」

「なんと」

雅平は声を裏返して驚いた。歳明は淡々と告げる。

「男の霊です。ざっと六人ほど」

「男の霊が六人だと？」

霊というだけでも面倒極まりないのに、それが男で、しかも六人。

雅平はあわてて背後を振り返った。が、そこには几帳が置かれているだけで誰もいない。

「おらぬではないか」

「常人の目には見えません。わたしにも、ほんのうっすらと感じられる程度ですので」

「いったい、どこでどうして、そんな男の霊ばかり六人も！」

女ならまだしもとは言わないが、雅平には心当たりがまったくなかった。いや、よくよく考えれば、なくもなかったが。

「それは死霊か生霊か。生霊だとしたら、もしかして、わたしに恋人を奪われた男たちの恨みなのか」

その可能性ならばある、とごく自然に思えたのだ。しかし、歳明は即座に言った。

「死霊です」

陰陽師に断言されて、雅平の身にぞくぞくと悪寒が走った。広袖で口を押さえ、しばしその震えに身を任せたのちに、彼はおそるおそる訊いた。

「いったい、どこでどうして、そんな……」

「最近、古い邸に宿をとられたことはございませんか？」

「古い邸に宿……」

「そこで六人の男の霊と遭遇されておいでのはずです」

言われて、昼顔の君と空き家で過ごした夜の出来事が、雅平の脳裏に甦ってきた。

恋人の昼顔と仲睦まじく戯れていた最中に、廂の間を勢いよく駆けてきた巨大な足の群れ。正確には数えていないが、六、七人分はあったように記憶している。どれも、見るからにむさ苦しい男の足であった。

「あれか！　あの足の群れか！」

雅平が大声で叫ぶも、歳明は冷静だった。

「お心当たりがおありのようですね」

「よくぞ、わかったな……」

ふっ、と歳明は微笑んだ。

「こう見えて、わたしの見立ても五回に一回は当たるのですよ」

「五回に一回？」

「あ、いえ、その」歳明は急にうろたえ出したが、

「毎回はっきりとわかるわけではないけれども、五回に一回は明瞭に感じられるときがある、という意味でございます。陰陽道は奥が深く、わたしなどまだまだ未熟者でござ

いますれば……」

　うまく誤魔化し、雅平も彼の弁をなるほどと受け容れた。

「陰陽の道とは、なかなかに難しいものなのだな」

「お恥ずかしい限りです」

「いや、なに、百発百中などと大言壮語を吐かぬ分、信頼できるというものだ。それに、五回に一回とはいえ、廃屋での怪異を見事に当てたのだからな」

「ちなみに、どのような怪異であったのでしょうか」

　求めに応じ、雅平は廃屋でむくつけき巨大足六、七人分と遭遇したときのことを、詳しく語って聞かせた。宣能には「気のせい」「見間違い」と否定されたことも付け加えたが、歳明はそれには触れずに彼自身の見解を述べた。

「なるほど、わかりました。その六人の足たちは、昔、その邸に盗みに入った盗賊たちの霊だったのでしょう」

「盗賊たちの霊だと？　まさか、あの邸で六人の盗賊たちが殺されたとでもいうのか？　そんな血腥い出来事があったとは、まったく聞かされていなかったが……」

「いえいえ。その場で死んだのではございません。邸に盗みに入ったあと、検非違使に捕縛され、違う場所で斬首されたのでございます」

　検非違使とは、都の治安を守る警察機構のことである。

一般に、平安時代には死刑がなかったとされている。が、それは殺生を忌む仏教の考えから、国が死刑判決を下さなかったのであって、検非違使による私刑の形での斬首は公然と行われていた。

「そのようなことがあったのか……」

「だからといって案じる必要はございませんとも。くだんの霊たちは、うっすらとした消えかけの影、遠い昔日の残滓のようなもの。わたしだからこそ瞬間、見えたのであって、それさえもいまは感じられなくなりました。これ程度ならば、中将さまにさらなる障りをもたらすことはありますまい」

「そうなのか？　本当にそうなのか？」

「はいはい、大丈夫でございますとも。おそらく、たまたま中将さまがその邸に滞在された日付が、その霊たちにとって意味のあるもの――昔、そこに盗みに入った同じ日か、あるいは刑死した日と同じだったか。その程度の薄い縁だったのでありましょう。実際、そののちに巨大な足の群れが再び現れるようなことがありましたか？」

「足に関しては、ない。一度きりだ」

「でしたら、お気になさることはございません」

すらすらと怪異の原因を解き明かし、もはや心配はないと告げる。それこそ、陰陽師がそう言っているというだけであって、いまこの場ではなんの証明もできない。

が、雅平は無条件に歳明を信じた。信じたかったから、信じれば不安が消えて心が安定するからだ。彼が陰陽師に求めていたものは、まさにこれだった。

「さすがは、あの〈ばけもの好む中将〉が紹介しただけのことはある。歳明、そなたこそ当世の安倍晴明であるぞ！」

雅平の熱烈な賛辞に対し、歳明が浮かべた笑みには打算など微塵もなく、しんから嬉しそうだった。

歳明の勧めに従って、雅平はさっそく母に物語絵巻の作製を打診してみた。

話を聞くや、母は目を丸くして驚いた。

「まあ、わたくしの絵を巻物に？　まあ、まあ、そんな、どうしましょう。そんなつもりはさらさらなくて、児戯にも等しい出来ですのに。絵巻物だなんて、あら、そんな」

恥ずかしがると同時に喜んでいるのは明らかで、雅平もそこを読み取り、熱心に母を説得する。

「児戯などと、謙遜なさらず。幼きときに、わたしもちらりと見たことがありますが、若紫の愛らしさ、六条御息所の麗しさ、夕顔のはかなさを、母上の筆は見事に写しとっていたではありませんか。良い機会ですから、お手もとにある分だけでも職人に彩色させ、金箔や銀泥で飾って、絵巻として完成させましょうとも。もちろん、紙にも凝って、唐の絹織物で裏打ちして、軸には紫檀の木を用いてはどうでしょうか」

「金箔に銀泥、唐の絹織物に紫檀の軸……」

うっとりと母は目を細めて虚空を見上げた。彼女の目には、金色に光り輝く絵巻物の完成品がすでに見えているかのようだった。

「そうですわね。これはあなたの身に降りかかる災難を鎮めるため、源氏供養のためなのですものね。恥ずかしがっている場合ではありませんでしたわ」

やっと恥じらいを捨て、母は厨子の中からいそいそと大きな文箱を取り出してきた。蓋が完全には閉まりきっていない文箱の中身は、これまでに彼女が描き溜めてきた絵の数々であった。

「こんなに」

驚く一方で、これならばすぐにも絵巻を完成させられるぞと雅平は喜んだ。しかし、母は首を横に振る。

「『源氏物語』の巻数は全部で五十四帖。さすがにその全部の場面までは描ききれておりませんし、それに昔に描いた絵は傷みもひどく、拙すぎて恥ずかしくもあり」

「いいえ、できあがった絵巻は寺院に奉納するわけですから、この際、絵のうまい下手はお気になさら……」

「何を言うのですか、雅平」

母は唐突に語気を強めて、息子の発言を封じた。

「のちの世まで寺院の宝蔵にて受け継がれるやもしれぬのですよ。ここで気合いを入れずして、いかがいたします」

「いえ、そこまで気合いを入れずとも……」

雅平はあわてたが、母はもう息子の意見など聞いていなかった。

「改めて描き直しましょうかねえ。どうしても、初めのほうの〈夕顔〉や〈若紫〉の絵を描きがちですけれど、光る君の晩年にも絵にしたい場面はありますし、源氏亡きあとを描いた宇治十帖もしみじみと趣深くて。そうだわ、牛車と殺到する従者たちの描写が難しくてあきらめていた〈葵〉の巻も、この際だから挑戦しなくてはね。〈澪標〉は難波の住吉大社が舞台ですもの、描く前にあちらの社殿を見に行かなくては」

「は、母上」

その気になっているのはありがたかったが、母のやりたいようにやらせると時間ばかりがかかってしまうぞと、雅平はあせった。絵巻物作製は源氏供養のためであって、完成が遅れれば、それだけ紫式部に祟られる期間が長引くことに繋がりかねない。

「そこまで凝らずとも。ある分だけで、急ぎ絵巻に仕立てましょうぞ」

「でもでも、せっかくですもの」

「源氏供養をできるだけ早く行い、わたし自身の厄をきれいに落としてしまいたいのです。どうか、五十四帖全部は堪忍してください。十帖ぐらいでちゃちゃっと……」

「十帖だなんて、源氏の君が須磨(すま)に旅立つ直前の〈賢木(さかき)〉ですよ。それまでは誰からも愛されていた源氏の君が、朝廷をないがしろにしているなどと言われて、窮地に陥っている真っ最中。そんなところで絵巻を終えられては、先が気になって供養になどなりませんとも」

「では、二十！」

「中途半端すぎます」

「では、三十！」

「物語後半の重要人物、玉鬘(たまかずら)の君の結婚問題がまだ解決しておりません！」

侃々諤々(かんかんがくがく)と親子は意見を戦わせた。その結果、三十三番目の〈藤裏葉(ふじのうらば)〉で区切ろう、新作を起こすのは構わないが、すでにある絵をできるだけ活用しようとの線で、いちおうの決着はついた。

「仕方がありませんわね。でも、〈藤裏葉〉のあとだと、女三宮(おんなさんのみや)がいよいよ登場して物語の雰囲気も重たくなってきますし、このあたりでまとめるのがいちばんなのでしょうね。ああ、宇治十帖は無理でも、せめて光る君の最晩年の〈幻〉まで描いてみたかった……」

妥協点をみつけたあとも、母は未練がましく愚痴をこぼした。

雅平も、できるだけ母の希望を叶えてやりたかった。だがしかし、すでにある絵は物語前半を描いたものが多く、後半の絵は少ない。巻数を増やせば増やすほど、新作描きおろしの分量は増えてしまう。そうすると、絵巻の完成は遅れ、源氏供養の法会開催も遅れる。雅平としても、ここが最大の妥協点だったのだ。

「それにしても、母上は本当に『源氏物語』がお好きなのですね」

いまさらながら感じ入って雅平が言うと、物語の熱心な読者である母は、きりりと表情を引き締め、「当然ですわ」と嘯（うそぶ）いた。

「光源氏は、そのあたりに大勢いる、ただの浮気者とは違うのですよ。妙に生真面目な側面があって、軽々しい恋はしないのだと、作者の紫式部も作中で重ね重ね主張しておりますしね。実際、末摘花のような面倒な姫君もなんだかんだ申して見捨てはしませんでしたし、花散里（はなちるさと）のような地味めの女人とも末永く続いたわけですから」

「はいはい。そうでした、そうでした」

「その一方で、苦労の多い恋に異様にのめりこむ悪癖があったのも事実ですけれど」

父親の妻であり、義理の母にあたる藤壺の女御への恋慕。すでに人妻であった空蟬（うつせみ）への求愛。市井で知り合った夕顔に執着したのも、彼女が友人、頭の中将のかつての恋人だったことが影響したのは否めない。のちに、夕顔の娘、美しく成長した玉鬘にも、夕顔の面影を求めて迫っている。

「空蝉の義理の娘の軒端荻に勢いで関係を持ったりと、軽率な行いも数々……。まあ、そのように、無理に理想化されていないところがかわいらしいとでも申しましょうか」

きゃっと若い娘のような声をあげて恥じ入ったかと思うと、母は真面目な顔をしてしみじみと言った。

「さまざまな恋を描いているからこそ、読者の興味を強くひきつけることができたのでしょうね。世に物語は数えきれぬほど出廻っておりますが、それでも源氏の君の物語がこれだけ長く愛読されてきたのは、恋模様の多彩さと登場人物の描写の深さ、恋の歓びのみならず苦しみをも描ききっているからこそでしょう」

「まさに源氏の君は恋の名手ですね。わたしも見習わなくては」

冗談ではなく本心から雅平が言う。母は少し苦笑して、

「わが子に見習って欲しくはなかったのですけれど。ああ、わたくしの息子はいつになったら落ち着いてくれるのでしょう」

「兄上がすでに落ち着いておりますから、わたしはまだまだ」

雅平の兄はすでに独立して親とは別の邸を構え、そこで妻子と暮らしていた。堅実な兄の存在があるからこそ、雅平も気ままにしていられるわけだが、その兄は父親と亡き前妻との間の子であった。

「継子の兄君をこそ大事にせねばと気を遣うあまり、実の子の育てかたを間違えたかもしれませんわね……」

「大丈夫ですとも、母上は間違えてなどおりませんとも」

あっけらかんと言い放つ雅平を、母は横目で睨みつけた。だが、彼女もそう長くは悲観的な感情を引きずらない。

「思う通りにならぬは現し世の常。そんな、ままならぬ世の憂さを晴らすには、手を動かすのがいちばんと申しますからね。物語絵の作製に、さっそく励むといたしましょうか」

前向きに作業に取り組もうとする母に、「どうぞよろしくお願いいたします」と雅平は深く頭を下げた。手間を厭わず引き受けてくれたことへの感謝の気持ちは、偽りなきものであった。

その後、従者の惟良に調べさせた結果、十三年前、昼顔の隣家に六名の盗賊たちが押し入った事実を確認した。

盗賊たちはのちに検非違使に捕らえられ、全員が斬首。刑の執行の日付は、雅平が隣家に逗留した日とぴたり一致していた。陰陽師の歳明は、見事に過去の出来事を言い当てたのである。

すごいな、と雅平は驚嘆すると同時に大喜びした。歳明の言う通りにしていれば、わが身にふりかかる怪異もいずれ消滅するに違いない、と期待できたからだ。

「歳明はすごいよ。彼を紹介してくれて、ありがとう、ありがとう」

内裏で宣能と顔を合わせた際、雅平はそう言って盛大に感謝の意を表した。

「そうなんだ。歳明と気があったのならよかった」

宣能の反応はそんなあっさりとしたものだったが、雅平は深くは考えなかった。

「なんと、五回に一回は当たる陰陽師なのだそうだ」

「そうなんだ。そんなことを言ったのか」

「さらに、わたしが見た、むくつけき足の群れの正体もぴたりと言い当ててくれてね」

「ああ、あの酔いから見た幻の」

「違う違う。あれはなんと、十三年前にあの邸に入った盗賊たちの亡魂だったのだよ。検非違使に捕縛され、斬首されたその同月同日、自分たちが押し入った邸を霊が次々に駆け抜けていっているところに、わたしは運悪く遭遇したらしい」

そうなんだと今度は言わず、宣能はふうん……と疑わしげにつぶやいた。

「……歳明はああ見えて、都の裏事情にも通じている男だからな。盗賊の話はどこかで事前に仕入れていたのかもしれない。話半分に聞いておいたほうがいいぞ」

「おやおや。自分で紹介しておいて、ずいぶんと手厳しいな」

「五回に四回はずす陰陽師だからね。ま、なんにせよ、きみが元気になったのならよかった。悪いが、わたしはもう行かないと。父が呼んでいるから」

宣能の父親は、宮廷で力を握る右大臣であった。親子仲は以前からかんばしくなかったが、最近は歩み寄りが見られ、宣能は父親の公務の手伝いをするようになったのだ。亡霊ばなしに彼があまり食いついてこないのも、父親とのやり取りに疲れているせいもあるように見受けられた。いろんな親子がいるものだ、あまり立ち入るのもよくないかと雅平は自重し、

「そうか。悪かったな、引きとめて」

「いや。また何かあったら聞かせてくれ」

本当は源氏供養の話もしたかったのに、それを切り出す暇もない。まあ、次の機会でいいかと、雅平も強くはこだわらなかった。

その数日後、雅平は昼顔の邸を訪れた。

陽が落ちてすぐ、あたりが薄暗くなってきた刻限だった。昼顔の邸に牛車を進めようとして、雅平はふと隣の空き家に明かりがともっていることに気がついた。長らく空いていた隣に、誰かが引っ越してきたらしい。

住人が居着けば、狢の棲み処となることもあるまい。六人の盗賊たちの霊も、「うっ

すらとした消えかけの影、遠い昔日の残滓」と歳明が表現した程度のものなら、大きな障害にはなるまい。なんにしろ、隣の空き家にひとが入れば昼顔も安心するはずだと、恋人のために彼は喜ばしく思った。

予定より早く公務が終わったための急な訪問だったのに、昼顔はまるで雅平が来ることをとうに知っていたかのようだった。雅平がそれを不思議に思っていると、昼顔はうふふと愛らしく笑い、

「わが背子(せこ)が来べき宵なり、ささがにの……」とささやいた。

ささがには蜘蛛(くも)の枕詞(まくらことば)。蜘蛛が巣を張るのは、恋人が訪ねてくる前兆であると信じられており、そのことを詠んだ古歌を引用したのだ。

「なるほど、蜘蛛の振る舞いでわたしが来ると予想したのですね」

「というのは嘘(うそ)で。本当は少将(しょうしょう)が『今宵は殿のおいでがあるような気がいたします』と教えてくれましたのよ」

昼顔にいたずらっぽく言われて、雅平は部屋の端に控えていた女房の少将を振り返った。少将は少し困惑気味の表情をしている。

「本当に？」

雅平の問いに、昼顔が代わって応える。

「本当ですわ。少将は頼りになりますの。先日、不思議な出来事があって」

「そのお話は」と、少将は昼顔の話をさえぎるように言った。しかし、昼顔は気にせず、

「よいではないの。大事には至らなかったのだし」

少将には無邪気に返し、とっておきの話を披露するように雅平に告げた。

「先日、この家に物の怪が現れましたの」

「物の怪が」

「はい、それも中将さまにそっくりの物の怪でした」

雅平の身にぞくりと戦慄が走った。彼が藤典侍の一件を思い出したのは言うまでもない。

「それはいったい……」

「いまのような黄昏時(たそがれどき)でしたわ。先触れもなしに、突然、中将さまがこの家においでになったのです。わたくしは大喜びでしたが、少将は不審そうにしていて、いきなり『やはり違いますわ。その者に近づいてはなりません』と大きな声を出したのです。なんとその途端、中将さまのお姿がすうっとかき消えてしまって」

「すうっと……」

「はい。煙のごとくにすうっと」

藤典侍のときと同じだ、と雅平は心の中でうなった。冷や汗が彼の耳の後ろをひとすじ、滑り落ちていく。

「もう心の底からびっくりいたしました。きっと物の怪が中将さまのふりをして、わたくしを誑かそうとしたのですわね。それを少将が未然に防いでくれて」

「もうおやめください、昼顔さま」

「いいじゃないの、本当のことなのだから。少将はなまじな陰陽師よりも、ずっと頼りになる女房ですもの」

昼顔は女房の自慢がしたいらしい。少将はすっかり困った顔をしている。

「いまの話は本当なのかい、少将」

雅平が訊くと、少将はしぶしぶながら首を縦に振った。

「昔から時折、不穏な気配などを感じることがありまして……。死んだはずの人影を夜陰に見かけたことも幾たびかございます。でも、だからといって陰陽師のような祓いができるわけではありませんもの、なんの自慢にもなりませんわ。現に、お隣の空き家の怪異を事前に感じ取ることはできませんでしたから。うすら寒い感じはなくもなかったのですが、空き家ならばよくあることと見過ごしてしまったのが悔やまれてなりません……」

「でも、あれは狢が入りこんでいたせいだったのでしょう？　獣のすることは、少将でなくともわからないわよ」

あのとき塗籠の中にひそんでいたのは、床下の破れ目から入りこんだ狢だったのだよと、昼顔には説明してあった。雅平が目撃した巨大な足の群れは、酔っぱらいの幻覚という情けない結論が出ていたために、そもそもが教えていない。

「けれども、あの偽の中将さまは本物の物の怪で、それを少将が見破り撃退したのですわ。すごいと思われませんか、中将さま」

　昼顔の女房自慢に、雅平はうんうんとうなずいた。

「なるほど、少将がそのような力を持っていたとは。実に頼もしいな」

　そのように少将を褒める一方で、

（では、いつだったか枕もとに現れ、『おのが、いとめでたしと見たてまつるをば、尋ね思ほさで……』と脅してきたのは、夢ではなく本物の生霊だったのか）

と実感し、肝を冷やす。神通力持ちの忠義な女房が控えているとなれば、昼顔の君をおろそかにすることは、もはやできない。

が、まず昼顔をおそろかにするつもりが、最初から雅平にはなかった。むしろ、自分の贋者（にせもの）が昼顔の前に現れたことのほうが重大だ。

　早く絵巻を完成させ、源氏供養を盛大にやらなくては、他にも被害が及びかねない。自分とそっくり同じ容姿の贋者が恋人たちに手を出すなど、とても許せるものではない。急がなくてはと、雅平は改めて思った。

　そんな逸る気持ちを抑えて、

「どうか、これからも、わたしに代わって昼顔の君を守ってやって欲しい」

雅平が言うと、少将は彼の真摯さを感じ取ったかのようにハッとして、「肝に銘じますわ」と応えた。そこにためらいはない。

昼顔は素直に「嬉しい」と言って、雅平に抱きついてくる。そんなかわいい恋人を、雅平は優しく抱き返した。


あえて急かすまでもなく、雅平の母は自室に籠もって熱心に絵を描き続けていた。母の描いた絵を下絵とし、描きあげた端から専門の職人にまわして彩色してもらい、金銀での装飾を凝らす。場面に対応した短めの詞書きも職人に任せた。

描き溜めておいた分から使える物を差し引いて、新たに描き起こすのは十数枚ほど。これなら思っていたよりも早くに仕上がりそうだと、雅平も安心したのだが——あるとき、小侍従が言いにくそうに切り出した。

「あの、奥さまのことなのですが……」

「母上がどうかしたのか？」

小侍従は物憂い表情で浅くうなずいた。

「このところ、昼も夜もずっと絵を描いておいでで。源氏供養の話はうかがっておりましたから、わたしもご無理のない程度になさいませとしか申せませんでしたが……」

「無理をしているように見えるのか？　そうならないように見守って欲しかったのだが」

「いえ、適度なところでお休みなさいませと勧めたりは、わたしたち女房もやっているのですが、なんと申しあげていいのやら……」

小侍従はためらった末に、ようやく本題に入った。

「奥さまのお部屋から夜中、話し声が聞こえるのです」

「話し声」

「どなたかと話しておられるご様子なのに、覗いても、お部屋には奥さまおひとりしかおられず……」

「独り言なのだろう。絵を描きながら、ああでもない、こうでもないと心に浮かぶままを口にしているのでは？」

「けれども、ぼそぼそと受け応えの声が聞こえるときもあるのですよ。なんと言っているのかまでは聞き取れないのですが」

「それはあれだな。物語の登場人物になりきった母上が、ひとり二役で場面を再現しているのかもしれないよ」

雅平は不穏に感じつつも、小侍従を安心させることを優先して、理性的な発言を重ねた。それでも、小侍従の表情は晴れない。

「一度だけですが、絵を置いてある部屋に人影を見たことがあるのです。殿方の影でした。わたしはてっきり、中将さまか大殿さまだろうと思ったのですが、部屋を覗くと誰もいませんでした。奥さまさえ、そのときはいらっしゃらなかったのにです。もちろん、身を隠すところなど、どこにもありませんでした。もう、気味が悪くて気味が悪くて」

恐怖の訴えを二度くり返して、小侍従は自身の両腕を抱きこみ、ぞくぞくと身震いした。乳姉弟(ちきょうだい)のおびえは雅平にも伝染し、同じような震えが彼の背中を走る。

藤典侍や昼顔のもとに出現した、もうひとりの自分の件もある。

恋人たちのもとに偽の自分が再び現れぬよう、このところ雅平は連日連夜、彼女たちのもとへ順繰りに顔を出していた。可能なときは、一日に三カ所、出向いたこともある。その甲斐(かい)あってか、もうひとりの自分の再来はいまのところない。

が、一方で源氏絵を描く母の身に怪異が迫っていたのかと知り、雅平は戦いた。

「よく教えてくれた。さっそく陰陽師の歳明を呼んで、対策を練ってもらうとしよう」

「そうしていただけると助かります。わたしだけでなく、他の女房たちもすっかりおびえておりますから」

「母上もおびえている？」

「いいえ。奥さまはこのところ、絵のことばかりを考えておられます。話し声のことをうかがってみても、まるでわかっておられず、上の空で」

「むしろ怖がりすぎて作業の手が止まるよりは、そのほうがましかもしれないな」

気がかりではあったが、今日はすでに上総宮の姫のもとへ「あなたの琴の音色をまた聞かせてください」との文を出していた。

あの恥ずかしがり屋の姫君のもとにもうひとりの自分が現れ、ずうずうしくも迫ったとしたら、いったいどうなることか。上総宮の霊が娘を守って撃退してくれるのか。逆に、宮の霊に誤解されたまま、こちらが祟られたらどうしよう。そう考えると、行かないわけにはいかない。

不安がる小侍従に詫びながら、雅平は邸を出発した。どうせ、宮の姫とは同衾できない。琴の音を少し聞かせてもらってから、早めに帰るつもりだった。

宵闇の洛中を牛車で進む。穏やかならぬ話を聞かされたあとだけに雅平も落ち着かず、車中ではずっと扇をもてあそんでいた。

(こんな気分のときだからこそ、宮の姫を選んでよかったのかもしれない。あのかたの琴の音色で、騒ぐ心を癒やしていただこう……)

いまだ清らかな間柄ではあったが、最近はひと言、ふた言、言葉を交わせるようにはなっていた。「文は苦手で……」とか、その程度の返事だったが、それでもないよりはいい。

「苦手ならば無理に書かずともよろしいのですよ。こちらが出した文をちゃんと読んでくださっていたのだとわかっただけで、わたしは満足なのですから」

そう言って聞かせたとき、姫は安堵したように微笑んでいた。

姫も雅平の援助を、ありがたくも申し訳ないと感じてくれているのだろう。こうして邪心なく通い続けていれば、いつか父宮の霊の許しを得て、本物の恋人同士になれる日が来るかもしれないと思わなくもない。

（まあ、いつになるやらだが――）

苦笑したといっしょに、牛車が突然、停(と)まった。まだ上総宮邸には到着していない。

「どうした、いったい」

雅平が物見の窓をあけて車外を見ると、牛車の行く手を阻むかのように、馬に乗った人物と数人の雑色(ぞうしき)が道の真ん中に立ちふさがっている。

馬上の男は立烏帽子(たてえぼし)に狩衣姿。顔の下半分を覆面で覆っている。が、烏帽子の下から覗く髪には白いものが目立ち、六十は超えていそうに見えた。

「色を好まれる中将さま、今宵はどちらにおいでになられるのか」

男のその発言から、こちらが誰だか知った上で難癖をつけているのがわかった。おそらく、雅平の牛車がここを通ると見越して待ち伏せしていたのだろう。

雅平側の従者たちはみな、牛車を守って身構えた。

一方で、馬上の男は身なりからして夜盗の類いとは見えなかった。引き連れている雑色たちも、それほど凶悪そうではない。

（もしかして……）

もしかしてこれは、恋人を奪われたと思った誰かの暴挙なのではという気がしてきた。一度そう思うと、揺るぎない事実のように感じられてくる。心当たりも浮かぶ。もっと相手にしゃべらせてみようと、雅平は相手に問いかけた。

「ひとにものを尋ねる前に、まずおのれから名乗るのが筋というものではないか」

はっ、はっ、はっと、馬上の男は笑った。

「名乗るほどの者ではないが、われこそは鞍馬山（くらまやま）の大天狗（おおてんぐ）！」

どこからその設定を持ち出したと問い詰めたくなるような名乗りをあげて、男は両腕を大きく掲げた。老いを感じさせる、痩せた腕だった。

「ああ、そうか。わかったぞ」

雅平はわざとにっこり笑って言ってやった。

「修理大夫どのだな」

藤典侍の長年の恋人だ。図星だったらしく、馬上の男——修理大夫はにわかにうろたえ始めた。雑色たちの間にもあからさまに動揺が走る。

おそらく、修理大夫は恋人の藤典侍を雅平に寝取られたと思いこみ、仕返ししようと思い立ったのだろう。あれは自分ではなく、もうひとりの自分だと弁解したところで、信じてはもらえまい。かといって事を大きくもしたくなく、雅平はなんとか無難に相手を言いくるめようと試みた。

「おや、ひと違いであったかな？　では、そちらもきっと、ひと違いをしておるのであろう。互いの間違いを認め合って、ここはおとなしく引こうではないか」

が、修理大夫は話を聞いてくれない。

「な、なんのことやら」

そらとぼけたかと思ったら、修理大夫はいきなり声を張りあげた。

「今源氏などともてはやされ、若さと容色の良さを鼻にかけて数多の女人を苦しめる不埒者め。われは鞍馬の大天狗なるぞ。天よりの制裁、しかと受けるがいい！」

「待て待て、誤解も甚だし——」

みなまで言わぬうちに、雑色たちが牛車に迫ってきた。

雅平側の従者が止めようとするが、数はむこうのほうが勝っていた。雑色たちは牛車に取りつき、強引に押し返そうとする。

車を牽く牛はおびえて盛んに足踏みしている。牛飼い童がなんとか牛を落ち着かせようとするも、どうにもならない。

「こら、やめぬか！」

雅平が叫んだと同時に、牛車が大きく傾いた。はずみで彼は車外へと投げ出される。うわっと悲鳴をあげながら、雅平は堅い地面に激突するのを覚悟した。が、衝撃はこなかった。

代わりに、何か柔らかいものが雅平を受け止める。身体を支えようとのばした手が、ぐにゃりとしたものをつかむ。

雅平の身体を受け止めたのは、松葉色の直衣を着た貴人であった。上総宮だ。その特徴的な長い鼻を、雅平は無意識に鷲づかみにしていた。

「み、宮さま」

あわてて雅平が手を離すと、上総宮の霊は目を糸のように細めて微笑み、霞となって消えていった。あとには地面に転がった雅平が残るばかりだ。

「中将さま、大事ございませんか！」

惟良をはじめとした従者たちが、急いで雅平を取り囲む。牛車にさえぎられ、上総宮の霊が雅平を受け止めた瞬間は、誰にも見られなかったらしい。

ぶざまに地に倒れた雅平に満足したのか、修理大夫はからからと笑いつつ、馬の脇腹を蹴ってその場から駆け去っていく。雑色たちも、わあわあとにぎやかにわめきながら主人のあとを追って引きあげていく。まるで悪童の群れのようだ。

なんてやつらだ、と惟良がくやしげに吼えた。だが、雅平は不思議にくやしいとは感じなかった。

修理大夫は本当に藤典侍を愛しているのだろう。だから、彼女を傷つけた今源氏の雅平が許せなかったのだ。

しかし、有力貴族の息子で、近衛中将でもある雅平にはおいそれと手が出せない。そこで、鞍馬山の大天狗などと名乗って意趣返しを行ったというわけだ。六十超えにして、そこまでの情熱を恋人に傾けられる修理大夫に、雅平は敬意さえいだいた。

「いい。ほうっておけ。むこうもこれで気が済んだはずだ。それよりも……姫のもとに行かなくては」

行くと文を出したから、宮の姫は待っているはずだ。それに、上総宮の霊に被害はなかったかどうかも気になる。

雅平は装束についた土をはらい、よっこらしょと自力で牛車に乗りこんだ。牛が興奮して、なかなか言うことを聞いてくれなかったが、それも牛飼い童になだめられてようやく落ち着き、牛車は再び動き出す。

上総宮の邸に着くや、年老いた女房たちがわらわらと出迎えてくれた。彼女たちはみな、雅平の到着が遅れたことを心配しており、大天狗を名乗る狼藉者（ろうぜきもの）にからまれた件を従者たちから聞くや、青ざめてきゃあきゃあと騒ぎ出した。

「大事ありませんか、大事ありませんか、中将さま」

口々に雅平の身を案じる老女房たちに、「大事ない、大事ない」と呪文のようにくり返し、雅平は姫のもとへと向かった。

話が聞こえていたのだろう、いつも部屋の奥に引きこもっている姫が、端ぎりぎりまで寄ってきて、御簾と柱の隙間から心配そうにこちらを覗いている。それでいて、雅平と目が合うと、きゃっと小さく声をあげて、恥ずかしそうに顔をひっこめる。

かわいらしいかただな、と雅平は微笑ましく思った。

「お待たせいたしましたね。ここに向かう途中で妙な輩にからまれ、足止めされてしまったのですよ。ですが、たいしたことはありませんでした。こうして無事だったのですから、どうぞご安心くださいませ。ああ、少しばかり装束がよごれておりますのは、揉めた際に牛車から投げ出されたせいで……」

あなたの父君のおかげで怪我をせずに済んだのですよと教えてやるべきかどうか、雅平は少し迷った。けれども、いままでも姫は父宮のことには触れなかったし、自分のすぐそばに霊が出現しても、気づいた素振りを見せなかった。

「何はともあれ、こうして無事にこちらに到着できたのも、姫の父宮の御加護があったからでしょうね」

試しにそう言ってみると、姫は御簾の間から不思議そうに顔を覗かせた。ああ、やはり気づいておられないのだなと雅平も理解し、ふたりの関係がもっと進展したら、そのときにこそ話すのがいいのかもしれないと考えた。

（そうだな。いまはまだ……。それにしても）

宮の姫には亡父の上総宮が、昼顔には女房の少将が、月夜野（つきよの）には頑是（がんぜ）ない子供が。それぞれに見守ってくれるひと、あるいは見守ってやりたいひとの存在がある。目の前の女人を大事にすることは、彼女らに連なる他のひとびとをも大事にするのと同義なのだと、雅平は改めて実感した。

（やはり、どなたもあだやおろそかにはできないな。わたしの力の及ぶ限り、お支えしてさしあげたいものだ）

姫をみつめつつ、雅平はそんなふうに思いめぐらす。姫のほうは彼の注視に耐えきれなくなったのか、「琴を、そろそろ」と小さくつぶやいて、御簾の奥に戻ろうとした。

雅平は思わず前に進み出て、姫の袖をつかみ、引き止める。あっと、ひゃっの中間のような声を発して、姫はその場で硬直した。血色のよろしくない頬が、一瞬にして赤くなる。

「姫……」

いまはまだ、などと、ついいましがた考えていたことも忘れて、雅平は姫を抱き寄せようとした。が、視界の隅、几帳の後ろから上総宮の霊がひょっこりと顔を出したのを見てしまい、彼の動きが止まる。

上総宮は哀しげに両の目尻を下げていた。牛車から転がり落ちた雅平を身体で受け止めた影響は、見たところなさそうだ。鷲づかみにされた鼻も、形はもとの通りで、つやつやしている。

雅平はホッとする反面、ああやって身を挺してくれていながら、娘との仲を喜んで許すとまではいかないのだなと悟って困惑する。

上総宮の霊が姿を見せたのは、ほんの一瞬だった。瞬きひとつする間にその姿は消えてしまったが、まだ近くにひそんでいるのは疑いようもなかった。

このまま押し切って、姫と契るのも可能ではあるものの、父親の霊に見守られつつの共寝はさすがの今源氏にもできかねる。

「……これは失礼を」

袖から手を離すと、姫は急いで御簾の奥へと身を隠した。

嫌われてしまったかな、と残念に思いつつ、雅平はその場から立ち去ろうとした。が、寸前で足が止まる。御簾のむこうから、七絃の琴の古風な音色が聞こえてきたのだ。どことなく危なげな調べながら、それもまた愛嬌があるというか、悪くはない。聞けば、自然と笑みを誘われてしまう。

雅平は装束の裾をさばいて、円座の上にすわり直した。彼を包む琴の調べは典雅であると同時に無垢で、よそではまず耳にできない唯一無二のものであった。

翌々日。気持ちよく晴れた日の午後に、陰陽師の歳明が雅平の邸にやってきた。雅平の母の周囲で起こる怪事に対応するためだ。

雅平は早めに御所を退出し、歳明の訪れをいまかいまかと待ちわびていた。対面するや否や、「女房から聞かされたのだが、こういうことが起きているらしいのだ」と説明する。

歳明は余計な口は挟まずに、じっと雅平の話を聞いていた。変におびえたりはしないし、不審そうな顔も見せない。話を聞き終えると、彼は落ち着いた体で陰陽師としての見解を述べた。

「絵画という形を得て、光源氏の君も力を増しつつあるのやもしれませんね」

「力を増す？　それはまずいのではないか？」

「いいえ。逆に考えますと、供養さえすれば効果があると証明されたも同然なのでございますよ」

「そ、そうなのか？」

うまく丸めこまれた気がしなくもなかったが、ここまで作業を進めた以上、もはや歳明にすがるしかなかった。

「おそれずに最後まで描ききってくださいますように、お願い申しあげます。さすれば、もろもろの怪事は必ずや鎮まりますでしょうから」

「うむ。そのつもりで作業は進めているとも。母上も絵を描くことのほうに集中しておられて、身のまわりの怪異には気づいておられぬご様子。かえってそれが気がかりではあるのだが……」

「いえいえ。おびえる心こそが、いちばんの毒となります。描くことで無心になれるのでしたらば、それが何より。写経も同然の効用がもたらされて、母君の身が守られているのだとお考えになられてはいかがでしょうか」

「写経も同然か。ならば、光源氏も母上には手が出せぬな」

雅平自身の不安もやっと晴れて、嬉しさのあまり、彼は歳明を褒めちぎった。

「やはり、歳明に頼って正解だったな。さすがは当代の安倍晴明よ」

「いえいえ、まだまだ未熟者でございますれば」

歳明も謙遜しながら笑っている。相性だけは文句なしのふたりであった。

「せっかくですから、いちおう祓いの祈禱くらいはしておきましょうか」

「そうだな。女房たちもそのほうが落ち着くだろうし、頼むとしようか」

そんな話をしているところに、小侍従が「お話の途中、申し訳ありません。奥さまがお呼びでございます」と告げに来た。なんでも、最後の絵が完成したのだという。

「ちょうどよかった。歳明もいっしょに来てくれないか」

「よろしいのでしょうか。では、遠慮なく」

さっそく、雅平は歳明を伴って母の部屋へと向かった。

いつもはきれいに整頓されている部屋が、絵の制作を始めてからというもの、仕損じの紙やら何やらで足の踏み場もないほど散らかっていた。幾十枚、幾百枚もの紙に囲まれて、母はにこにこと微笑んでいる。作業に熱中するあまりだろう、髪はやや乱れていたが、それを気にする素振りでもない。

「できましたよ、雅平。あら、そちらのかたは？」

雅平のあとから入室してきた歳明に、母は首を傾げる。陰陽師の歳明ですよと説明すると、彼女は物珍しそうに目を瞠った。

「もしや、こたびの源氏供養を提案した陰陽師の？　まあ、それはそれは。あなたのおかげで楽しい時間を持つことができましたわ。本当に感謝しておりましてよ」

「もったいないお言葉でございます」

歳明は恐縮して亀のように身を縮こまらせた。

雅平は文机の上に広げられた数枚の絵を、興味津々で覗きこむ。

彩色前の、墨一色で描かれた世界。

物語の主軸は、光源氏の次の世代、息子の夕霧や養女の玉鬘へと移っていたが、王朝文化のきらびやかさは変わっていない。

琴を枕に添い臥しする源氏と玉鬘や、野分（台風）の風によって草が薙ぎ倒されてしまった秋の庭の光景、玉鬘のもとに通おうとする髭黒大将に、嫉妬から香炉の灰をぶつける大将の北の方などなど、各巻の名場面が白い紙の上に見事に再現されている。身内の欲目かもしれないが、なかなかの出来映えではないかと、雅平は感心した。

「そんなふうにまじまじと見ないでちょうだい。恥ずかしいわ」

と言いつつ、母は自慢げに一枚の絵を取り出した。

「最後の一枚、〈藤裏葉〉の絵をいまようやく描き終えて、もう嬉しくて嬉しくて、我慢できずにあなたを呼んだのですよ。描いたのは、藤の花の宴の場面。ちょうどいま、わが家の藤の花も盛りの時季ですからね。散る前に描ききれて本当によかった」

月下の藤の花の宴は、光源氏の息子・夕霧と頭の中将の娘・雲井雁が幼馴染みの恋をやっと実らせた場面でもあった。

この巻で、源氏の娘の明石の姫君は入内。源氏自身も准太上天皇の位に上り詰めて、物語は祝祭の雰囲気に包まれる。絵巻物の区切りとしても、ちょうどよかった。

「では、さっそくこれを職人のもとに届け、彩色してもらいましょうね」

言いながら、雅平の目が別の絵の上に止まった。それは〈藤裏葉〉のひとつ手前、〈梅枝〉の巻の絵だった。

〈梅枝〉では、入内する明石の姫君のため、光源氏が紫の上をはじめとした女人たちに香の調合を依頼する。描かれているのは、それぞれが作った香を、風流人の蛍兵部卿宮に判じてもらっている場面だ。

寝殿造りの邸宅の一室で、向かい合う光源氏と蛍兵部卿宮。ふたりとも白い直衣を身にまとっている。彼らの前には香を詰めた香壺が置かれ、庭には巻名にちなんだ梅の花が咲いている。梅に色は差していないが、本文によれば紅梅だ。

どちらの貴人も顔は引目鉤鼻——細い目に「く」の字形の鼻で類型的に描かれて、区別はつかないが、絵の中央寄りに描かれているのが光源氏で間違いあるまい。

その源氏の小さな口が、ふっと動いた。

目や鼻と同じく、筆で細く線描きされた口の端が片方だけ、笑みの形に釣りあがったのだ。

雅平はぎょっとし、後ろに少し身を引いた。そんなはずがあるものかと思い直し、目を凝らして再び絵を覗きこむ。

絵の中の光源氏は、異母弟でもある蛍兵部卿宮に柔らかく微笑みかけている。以前からこの表情であったのか、それとも絵が動いてこうなったのか、判別はつきにくい。

「歳明……、いまのを見なかったか？」

唐突に訊かれ、歳明は目をぱちくりさせた。

「何をでございますか」

「絵が動いたように見えたのだが……」

そんなはずはと言いつつ、歳明がやや及び腰になって〈梅枝〉の絵を覗きこむ。

「動いてなどおりませんが。きっと光の加減でそう見えたのでしょう」

「そうか？」

まだ昼間で部屋は充分明るい。怪異が忍び寄ってくる刻限でもない。それでも、雅平は不吉な思いを禁じ得なかった。

「母上、この〈梅枝〉の光源氏なのですが……」

描いた本人に変化はないか確認してもらおうと、母に呼びかける。

母は無言で、すっと立ちあがった。

その背丈が急にのびたように感じられた。小柄なひとだったのに、いまの彼女は雅平とほぼ同じほどの上背がある。

「母上？」

雅平が呼びかけても、母は息子をみつめ返すだけで返事をしない。表情もない。

強烈な違和感に雅平は戦慄した。歳明も怪しさを感じ取り、息を殺している。午後の明るい陽射しにも、心なしか翳りが生じていく。

「母上、いかが……」

いかがなさいましたか、と雅平が言う前に、母がぽつりとつぶやいた。

「源氏の供養など」

そこに、明らかに母とは違う男の声が重なった。

「どうして必要あるだろうか」

目に見えぬ何かの気配が部屋に満ちた。譬えて言うなら、水に落ちた墨滴が不規則にうねりながら広がっていくように。

雅平ひとりの気のせいではない。その証拠に〈梅枝〉以外の絵にも異変が起きていた。絵の中で、琴を枕に玉鬘と添い臥していた源氏が静かに身を起こす。夏の釣殿(つりどの)で若い貴族たちと歓談していた光源氏が立ちあがる。部屋の中から紫の上と雪の庭を眺めていた光源氏が、白い息を吐きながら簀子縁へと歩み出す。

ほかの登場人物はそのままに、ただひとり光る君だけが、生きているかのごとくに動き始めた。

ふわりと絵から抜け出した光源氏たちは、雅平の母のもとに集まり、吸いこまれるがごとくに消えた。次の瞬間、そこに立っているのは母ではなく、もうひとりの雅平となる。

いや、雅平そっくりの凜々(りり)しさをまとった、生身の源氏となったのだ。

「歳明！」

雅平は陰陽師に救いを求めた。歳明はただちに「臨、兵、闘、者、皆、陣、列、在、前！」と呪を唱えた。が、光源氏に変化はない。歳明の無力さを嘲るように、口の片端を歪めている。

「歳明、陰陽の術が効かぬではないか」

「は、はい。わたしは五回に一回しか効かせられないもので……」

「では、五回唱えよ。さすれば一回は当たるはずだ」

どこまでも前向きな雅平に背中を押され、歳明は必死の形相で五回、呪を唱えた。

しかし、結果は同じだった。何も起こらず、光源氏は口もとに袖を寄せ、こらえかねたようにくすくすと笑っている。その仕草も実に優美だ。

自分と同じ顔、同じ身の丈で、自分より優雅かもしれないと雅平は感じた。それがものすごく、くやしかった。怪異を鎮められない陰陽師にも怒りをおぼえ、彼は声を荒らげた。

「なぜ効かぬのだ、歳明」

「申し訳ありません、中将さま。本当はわたし、十回に一回も効いたならいいほうでして……」

「では、十回やれ！」

半泣きになる歳明を、光源氏があざ笑う。その笑いが、雅平の癇に障った。無性に腹が立って、怒りが一気に恐怖をうわまわった。

「何がしたいのだ、おまえは」

総身に鳥肌を立て、歯をがちがちと鳴らしながらも、雅平は光源氏をびしりと指差した。

「供養がいらぬのなら、おとなしくしていればよいではないか。わたしの姿を写し取って、わたしのふりをして、現し世のかたがたをだまして、もてあそんで、それが物語の主人公のやることか」

かわいそうに、彼にだまされた藤典侍は状況が理解できずに途方に暮れていた。修理大夫が意趣返しを企むのも無理はなかった。昼顔も勘のいい少将がいたため無事で済んだが、きっとおそろしかったに違いない。女好きの雅平だからこそ、女人たちを苦しめた光源氏がなおさら許せなかった。

「そう言う自分はどうなのだ」

光源氏は雅平そっくりの声で嘯いた。

「今源氏などと呼ばれて、驕りたかぶっていたのではないか？」

痛いところを突かれて、雅平はうっとうなった。

もうひとりの自分がしでかしたことは、本当にろくでもなかった。雅平にしてみれば、自分の普段の言動を風刺されているようで、居たたまれなくもあった。

「そうとも、わたしは驕っていたのだとも……」

ああ、こうやって、おのれのいたらなさを自覚させる作用も物語にはあるのだな――と、雅平はふいに感じた。確かに、自分は驕れる光源氏そのままに振る舞い、多くの女人と付き合ってきた。さぞや軽薄に見えただろう。そこは否定できない。

「だがな、だがな、それでも、わたしなりに本気で彼女たちと向き合ってきたのだ」

誰ひとりとして、おろそかにはしていない。それだけは、雅平も胸を張って主張できた。その思いのままに、彼は言う。

「物語の主人公もな、聖人君子たれとは言わぬよ。間違ってもいい。そうやって、無様な姿をあえてさらすことで、読者にとっての映し鏡となり得るのだからな。だから」

だから、どうなのだろう。どこを着地点にすればいいのだろう。どう言ったら光源氏を納得させ、物語の中に還(かえ)してやれるのだろう。

威勢のいい啖呵(たんか)を切っておきながら、雅平は中途で言葉に詰まり、うう、ううとうめいた。

しっかり、中将さま、と歳明が小声で声援を送ってくる。陰陽師でさえ丸投げか、と腹立たしかったが、その怒りを追加の気力に変換し、雅平は破れかぶれの体で怒鳴りちらす。

「だから、もう充分だろうが。現し世に出てこようとするな。紙の上で力の限り、おのれの物語をまっとうせよ。それが主人公の本懐だろうが！」

突如、部屋の中に風が吹き荒れた。

外は晴れているのに、秋の野分のごとき突風が屋内にのみ発生したのだ。

あたりに散らばっていた反故紙（ほごがみ）が、風に乗って舞いあがる。ごうごうと吼えつつ吹き荒れる風の中心には、光源氏が立っている。

「光源氏ならば、それでよろしいでしょうとも――」

源氏の声に変化が生じていた。男の声音が、女のそれへと変容していく。母上に戻ってくれるのかと雅平は期待したが、違った。

「帝の皇子（みこ）として生まれ、容色にも恵まれ、誰からも愛され、すべてを許され――」

淡々と告げる声は、母のものとは違ってとげとげしい。雅平にしてみれば、初めて耳にする声だ。誰だろうと探りながら、雅平は言った。

「そうは言うが、源氏とて完璧だったわけではないぞ。皇子として生まれながら、皇位からは遠ざけられて臣籍に……」

ほほほと相手は笑った。もはや、完全に女の声で。

「臣籍に下ろされた？　それを不服に？　母親（おかみ）が位の劣る更衣（こうい）なのだから当然でしように。そもそも、あのように身分の低い女が主上の寵愛を得るなど、いくら物語とはいえ、あってはならないことだったのですよ――」

声だけでなく容姿も変化していく。男から女へ。装束も、冠直衣から小袿へ。垂らした黒髪は床につくほど長い。若くはないものの、気品と自信にあふれている。

見おぼえはない。が、雅平は彼女が誰だか本能的に察知した。

「まさか、あなたは……」

何度も読み返した物語の中で、源氏を憎み、源氏と敵対した人物。帝の御前で源氏が披露した見事な舞いをも、「神などが空に攫っていきそうな不吉な美しさですこと」と厭みで呪った高貴な女性。

「弘徽殿の女御……！」

現し世のではなく、『源氏物語』の中の弘徽殿の女御だった。

源氏の母の桐壺の更衣に夫の愛を独占され、憎みに憎んで、更衣を迫害した。桐壺の更衣が源氏を遺して早世したのも、そんな後宮での争いに心を削られたからだった。それでもなお、女御は源氏を憎み足りず、物語前半の悪役として存在感を発揮し続ける。

弘徽殿の女御ならば、源氏の評判を落とすため、彼の姿を借りて悪行を重ねることも厭うまい。

女は怖い。そんな実感をいだいて、雅平は激しく震えた。敵の正体が判明したところで、どうしたらいいのかは依然、わからない。

突如、きええええっ、と歳明が絶叫した。ついに気がおかしくなったかと思いきや、歳明は腕を高くのばし、虚空に星の形を描くように指を走らせた。目には見えぬその星形を、気合い一発、指で突く。すると、あたかも陰陽師の呪力で打たれたかのごとく、弘徽殿の女御は悲鳴をあげて倒れ伏した。五回に一回、もしくは十回に一回の率で発動する〈当たり〉が、ようやくめぐってきたのだ。

「すごいぞ、歳明！」

歓声をあげる雅平に歳明が言った。

「いまです、中将さま」

「はっ？　何がだ？」

「中将さまのお力で弘徽殿の女御さまを鎮めてください！」

できるか、と雅平は叫んだ。いや、実際は叫ぶ前に、歳明に両手で突き飛ばされていた。彼はそのまま、女御のすぐそばによろけていく。

近くに行くと、彼女が母と同じくらい小柄なことに気づいた。ぎっと睨みあげてくる形相はおそろしいが、その美貌を完全に損ねるほどではない。いや、むしろ美しいからこそ、その怒り、嫉み、憎しみがより強調されているのだ。悪役であると同時に、彼女は帝の一の妃であり、国母でもある、最も尊い女人だった。

それを再認識した雅平は、小さく嘆息して彼女の背に両腕を廻した。ほとんど無意識の行動だった。

「お鎮まりください、女御さま……」

鎮まれと言って鎮まるのであれば、加持祈禱は要るまい。ってか、これこそが陰陽師の仕事ではないのかとの疑問が、雅平の頭の中で渦巻く。

それでいて、言葉は自然に彼の唇からあふれ出てきた。

「あなたは美しい。あなたは気高い。それは万人が認めるところです」

「何を……」

歯がみしながら弘徽殿の女御がうなる。雅平の腕の中で抗おうとする。しかし、雅平は彼女を抱く腕に力を込め、その動きを封じた。恐怖を感じていたはずなのに、それとは違う感情に突き動かされて言葉を重ねる。

「あなたがいたからこそ、美しさ、華やかさ、残酷さにおいて、物語は際立った。あなたの存在こそが、光源氏をはじめとした登場人物たちをよりいっそう輝かせた」

嘘ではない。無自覚ながら、心のどこかでそう感じつつ、幼い雅平は物語を読みふけっていたのだ。

光源氏最大の危機たる須磨下りは、弘徽殿の女御が源氏を政界から放逐しようと画策したことが遠因であった。あれがあったからこそ、流れ着いた先で明石の君との出逢いが生じ、物語がさらに大きく展開していったとも言える。

罪なき源氏を陥れた報いとして、弘徽殿の女御が体調をくずし苦しむさまにも物語はきちんと言及している。かつての雅平はそれを読んで溜飲を下げたものだった。読者の最も望む形を、彼女は身をもって表現してくれたのだ。

「あなたはそれでいいのです。それでこそ、いいのです」

物語の中で、光源氏は誰からも愛される理想の貴公子だった。

そんな彼を拒んだ女性も、幾人かはいた。空蟬は一度は源氏と関係を結んだものの、人妻であることを理由に、重ねての逢瀬をかたくなに拒否した。朝顔の斎院は彼に惹かれつつも、外聞をはばかって求愛に応じなかった。玉鬘は心揺れながら源氏のもとを離れ、髭黒大将の妻の座に収まった。いずれも、まったく彼を嫌っていたわけではない。

源氏を徹底的に憎んで呪ったのは弘徽殿の女御ただひとり。その意味で、彼女はまさに特別だった。

嘘偽りない気持ちを込めて雅平はささやいた。

「わたしの特別な女御さま……」

腕の中で女御が激しく震えた。彼女は続けて首を横に振った。幾度も幾度も。それでも、雅平は彼女を離さない。

女御はああと切なげな吐息を洩らすと目を閉じ、脱力し、雅平の胸に顔をうずめて動かなくなった。

と同時に吹き荒れていた風がぴたりとやむ。宙を舞っていた反故紙はばらばらと床に落ちていく。

風がやむと、まるで雲が晴れたかのように午後の光が部屋に射しこんできた。それは怪異を退けるに足る明るさだった。庭先の緑のにおい、空を横切って飛んでいく小鳥たちのさえずりなども急に鮮明になる。日常が確かに戻ってきた証拠だった。

雅平の腕の中で、弘徽殿の女御はいつの間にか母へと姿を変えていた。母上、と呼びかけながら雅平が軽く揺すると、母は眉根を寄せて少しだけうなった。意識は失ったままだったが、弘徽殿の女御の気配はそこにない。

女御は去ったのだ。

『源氏物語』の悪役は、おのが非をついに認めはしなかった。が、それはそれで実に彼女らしい選択と言えた。光源氏に対抗する影として、どこまでも黒くあることが求められた女御は、おのが役割を成し遂げたのだ。

大きく息をついた雅平に、歳明が嬉しそうに言った。

「さすがでした、中将さま。さすがの今源氏さまです」

ははは、と雅平は短く笑った。

「何を言う。歳明こそ、さすがの陰陽師だ。五回に一回か、十回に一回かはともかく、やればできると証明されたのだからな」

「あ、ありがとうございます」

勢いよく頭を下げたせいで、歳明の烏帽子が落ちそうになる。あわてた歳明は両手で烏帽子を押さえ、童のようにはにかんだ。その顔がおかしくて、雅平はさらに笑ってしまう。歳明もいっしょになって笑う。

笑い合うふたりに降り注ぐ陽射しは、あたかも金の砂子を散らしたかのようであった。


意識を取り戻した雅平の母は、弘徽殿の女御に憑依(ひょうい)されていたときのことを何もおぼえておらず、源氏絵を完成させたその疲れで気を失ったのだと思いこんでいた。

ならば、それでいい。余計な心配はかけさせたくない。雅平はそう判断して、女御の件は秘めることにした。

源氏絵は職人に渡され、ただちに美麗な絵巻物に調えられた。墨一色で描かれた絵にも独特の美しさがあったが、そこに発色の美しい岩絵の具で彩色が施され、金箔を小さな四角に切った切箔(きりはく)、細く線状に切った野毛(のげ)などがふんだんにちりばめられると、また格別な物語世界が誕生した。

雅平は完成した絵巻を縁ある寺院に奉納するとともに、そこで盛大に源氏供養を執り行うことにした。

源氏供養の話はどこからともなく洩れ伝わって、当日、寺院には老若男女、貴賤の区別もなく、多くの見物人が押し寄せてきた。

予測外のにぎわいとなった寺内を、雅平は驚きをもって見廻した。

「まさか、これほどの人出になるとはな」

彼の脇に控えた従者の惟良がうなずきながら、

「わたしが聞いた話ですと、今日の法会を見物すれば、恋が叶うだの、文字が上達するだの、いろいろと言われているそうですよ」

と、情報を提供する。平安の才女、紫式部にあやかろうというのだろう。

「そうか。まあ、みなに楽しんでもらえるのならば、いいかな」

たくましく現世の利益にあずかろうとする姿勢は、雅平も嫌いではなかった。少なくとも、夜の暗闇におびえて何もできずにいるよりはずっといい。

「あ、ほら、かたがたがおいでになっておりますよ」

惟良がさりげなく示した方向に、見物人たちに交じって、被衣姿の昼顔と少将が立っていた。雅平と目が合うや、昼顔は無邪気に手を振ろうとして、傍らの少将にたしなめられる。そんな昼顔の天真爛漫さに目を細め、雅平もにこりと微笑みかけると、見物人のあちらこちらから、きゃあと黄色い悲鳴があがった。

「あちらにも、ほら」

惟良がまたさりげなく、別の方向を示す。そちらには、小さな男の子を抱いた月夜野が見物人に交じっていた。

雅平が月夜野に笑みを向けると、彼女ばかりでなく、まわりの見物人がいっせいに笑顔となった。女も男もきゃあきゃあと歓声をあげている。さすがは今源氏の中将さまよと、褒めそやす声も絶えない。

これだけ盛りあがれば、今日の法会はひとびとの噂になって、ここに来られなかった深窓の姫君の耳にも届くだろう。それがきっかけとなって、恥ずかしがり屋の上総宮の姫君が外界に興味を持つようになればよいなと、雅平もうっすら期待する。

今源氏のあまりの人気ぶりに、惟良が心底うらやましそうに言った。

「にしても、宮家の姫君に宮廷女房たち、そして内教坊（ないきょうぼう）の妓女（ぎじょ）と、女人のご趣味も幅広く、さすがの今源氏でいらっしゃる……」

はっはっはっ、と雅平は軽く笑い飛ばした。

「おまえまでもが何を言っているのだい。わたしはそんな、今源氏の名にふさわしいほど器用な男ではないよ。だからこそ、紫式部の霊に祟られてしまったのではないか」

言葉の上では謙遜し、自虐もしてみせるけれども、雅平の口調はどこまでも明るい。

再び、見物人たちのほうを見やった雅平は、彼らの後方に離れてたたずむ女人に気づき、おやっと思った。

紫の濃淡を重ね着した三十過ぎほどのその女人とは、かなりの距離があった。なのに、彼女はしっかりと雅平の視線を捉えて、静かに一礼したのだ。

どこぞの家の奥方か、品よく賢そうな顔立ちをしている。その顔に雅平は見おぼえがなかったが、それでいて、よく知っているような、奇妙な感覚があった。

一度見た女性の顔は絶対に忘れないはずなのに、どういうことなのだろうと怪しんでいると、突然、背後から声をかけられた。

「おやおや。きみはこんなところに来てまで、美女を捜しているのかい？」

振り返ると、〈ばけもの好む中将〉の宣能が十九か二十歳くらいの青年貴族をひとり連れ、こちらに近づいてくるところだった。連れの背丈は宣能に比べると少し低く、純朴そうな顔立ちをしているので、もっと年下の少年のように見えなくもない。

どこかで見た顔だな、誰だったかな、と雅平は首を傾げる。異性の顔と名前は忘れないが、同性はどうでもいい彼には、よくあることだった。

「ひと聞きが悪いな。美女を捜していたのではなく、単純に、人出の多さに驚いていたところだよ」

適当にはぐらかしながら、雅平は先ほどの紫の装束の女人が気になって、群衆のほうへ視線を戻した。が、そこにあの女人の姿はもうない。

どこに行ったのだろうと目で捜す雅平に、宣能の連れが話しかけてくる。

「あの、宰相の中将さま。お礼が遅れてしまいまして申し訳ありません。詳しいことは、こちらの中将さまからうかがいました。わたしの姉のために御尽力いただき、誠にありがたく存じます」

ぺこりと頭を下げられて、ようやく雅平も彼が誰だか理解した。

梨壺の更衣の弟で、宣能の趣味の怪異探しに無理やり付き合わされている、気の毒な右兵衛佐(うひょうえのすけ)だ。

律儀に礼を言いに来た彼に、雅平はさわやかな笑みを返した。

「気にすることはないとも。世のすべての女人のために尽くすのが、わたしのかねてからの望みであったのだからね」

無理に恰好(かっこう)をつけているわけではなかった。初めて『源氏物語』を読み、そのきらびやかな世界に触れたときから、今生の光源氏となって多くの女人を愛し愛されたいと望んだのは事実だ。

思うだけで、なかなか実践できないのが世の常であり、実践したとしても達成は難しい。雅平も、このひとひとりと決める相手にはまだ出逢えていない。だが、いつかは出逢える、ひょっとしてもうすでに出逢っているのかもと、希望だけは捨てていない。

「しかし、まあ、これだけ盛大に供養をすれば、光源氏はもう現れないだろうな……」

残念そうに言う、宣能の口調はどこか軽かった。『源氏物語』がらみの怪異に関して、彼はずっと懐疑的な態度を貫いていた。雅平が陰陽師の歳明の大活躍を話しても、自身で紹介しておきながら、「ふうん」と半信半疑な反応だったのだ。

真怪に遭遇したわたしに嫉妬しているのだなと思ったので、雅平もそれ以上は言わなかった。むしろ、宣能の反応の薄さを、「ほうら、くやしがっている、くやしがっている」と内心、喜んでいたのだ。

若い寺僧がやって来て、そろそろ法会が始まる旨を告げてきたので、雅平たちは本堂の近くにもうけられた桟敷へと移動した。

先に桟敷で息子を待っていた母は、几帳の後ろから顔を出し、「こちらですよ。さあ、早く早く」と催促し、小侍従にあきれられている。

あれ以来、母は自分用に新たな源氏絵巻を、それも五十四帖全巻作製するつもりで日々、創作活動に励んでいる。新たに描き起こされた〈桐壺〉の絵は、後宮に君臨する弘徽殿の女御がなぜかひときわ目立って描かれていたが、雅平は知らぬふりを決めこむことにした。何かあったら、また歳明を頼ればいいと安心していたのだ。

鉦が打ち鳴らされて、法会が始まった。

後ろ襟を三角形に立てた袍に綺羅綺羅しい袈裟を重ねた僧侶が、孔雀のごとく優雅に壇の前へと進み出る。金色に輝く仏像に見守られる中、紫式部の極楽往生を願って『源氏物語』の巻名を折りこんだ祈禱文が、僧侶によって滔々（とうとう）と読みあげられていく。

桐壺の夕（ゆふべ）の煙すみやかに法性（ほつしやう）の雲にいたり
箒木（ははきぎ）のよるのこと葉　つゐに覚樹（かくじゆ）の花をひらかむ
空蟬のむなしき世をいとひて　夕顔（ゆふがほ）の露のいのちを観（かん）し
若紫の雲のむかへを得て　末摘花（すゑつむはな）のうてなに座せしめん

青空のもと、壮麗な寺院にて、高僧の深い美声により唱えられる美しい文言。誰しもが極楽浄土の蓮（はす）の上に招かれたがごとき夢心地になり、見物人たちの間からは、「ありがたやありがたや」とのつぶやきとともに、感極まったすすり泣きの声さえ聞こえてくる。

雅平はちらりと群衆に目を向けたが、紫の濃淡をまとった女人の姿はやはり捜しきれなかった。

（もしかしたら、あの女人は紫式部の霊だったのかも……）

なんの確証もないけれど、雅平はそんな想像をふくらませて、神妙に手を合わせた。

紫式部が地獄に堕ちるはずがないと、雅平はいまも信じていた。だから、これは救済ではなく、素晴らしい物語を世にもたらしてくれた式部への、彼なりの深謝の顕（あらわ）れ。

さらに言うなら、紫式部だけでなく、光源氏をはじめとしたすべての登場人物への。光源氏に。彼が愛した女人たちに。弘徽殿の女御にも。そして、彼らの物語に心震わせた読者たちもまた、幾久しく健やかでありますようにと雅平は願った。

この日の源氏供養の模様は都中に伝わり、ひとびとはその美しさ、尊さを口々に褒め讃(たた)えたのだった。

コラム4 源典侍のこと

源典侍（げんのないしのすけ）といえば、末摘花（すえつむはな）と並ぶ『源氏物語』のお笑い枠。光源氏はシリアスな恋ばかりでなく、こんな失敗もしていますよと読者に提示する役どころ、と言って間違いではあるまい。

確かに五十七、八という年齢で、十九歳の男の子とねんごろになるのは、すごすぎないかという気はする。しかも、彼女が自分の扇に書き付けていた詞（ことば）が「森の下草老いぬれば」。森の下草は枯れてしまい、馬も食べに来ないし、刈りに来るひともいないとの意味で、老いを嘆いているわけだが……。なんだろう、ちょっと下ネタっぽい。

いわゆる色ボケキャラなのだろうけれど、大和和紀（やまとわき）氏が描いた漫画『あさきゆめみし』での源典侍は憎めない感じで、とても愛らしかった。さらに彼女の恋人・修理大夫（しゅりのかみ）がいい味を出していて、頭（とう）の中将から「あのような浮気がちな恋人では、さぞご苦労を……」と言われても、「なんの、なんの」と笑い、数々の恋が彼女を磨き、若々しくしていくのを見るのも積年の恋人として楽しみなのだと余裕で嘯（うそぶ）く。

実は原作において修理大夫は、源典侍の恋人として名前が出てくるのみ。彼がふおっふおっふおっと笑って光源氏と頭の中将を煙(けむ)にまいたあのシーンは、大和氏の創作であったのだ。さすが巧みだなぁと、その手腕に改めて感服したのだった。

あとがき

本作品は、集英社文庫にて展開中の『ばけもの好む中将』のスピンオフという位置づけになる。

かといって、そちらを読んでいないとわけがわからないといった事態にはならないように留意したつもりなので、「『源氏物語』をネタにした平安怪奇譚みたいだな」くらいの感じで、安心してお手に取っていただきたい。ええ、怪異もバッチリ出ますので。

一方で、『ばけもの好む中将』での怪奇現象は、ほぼほぼ偽の怪。最初の段階で、ファンタジー要素は極力排除しようと決めて書き始めた。

だが、本来、わたしは怪異大好き人間で、おどろおどろしい本物のばけものがドーンと出現し、陰陽師やら僧侶やら武士やらとの派手なバトルをくり広げる話をもっぱら書き続けてきたのだ。登場人物たちがばけものの話を積極的にするもののバトルにまでは至らない、『ばけもの好む中将』のほうがわたしにとってはイレギュラーな作品であった。

本編のほうに真怪が出ていないのに、スピンオフのほうに先に出していいのかと迷わなかったわけではないが、まあ、それはそれ、これはこれ。主人公も違うのだから、問題はあるまいと勝手に判断させていただいた次第。

執筆にあたり、改めて『源氏物語』の原典を読んでみた。手に取ったのは、小学館から刊行された日本古典文学全集の『源氏物語』全六冊。ページの上段に注釈、中段に本文、下段に現代語訳が並んで記載されており（同一ページですべて俯瞰できるのがポイント）、とても見やすい、わかりやすいのでオススメである。

それまでは恥ずかしながら現代語訳のダイジェスト版とか、漫画とかで内容を把握していたわけで、「えっ、原作ではこうだったの？」と驚くことがしばしばだった。そして、およそ嫌いな女性がひとりもいない。生霊をバシバシ飛ばしてくれた六条御息所はもちろんのこと、悪役の鑑・弘徽殿の女御すら、悪食と呼ばば呼べ、わたしにはかわいく見えて仕方がなかった。

一方で、わたしは光源氏を「女たらしのヤなやつ」と長らく思ってきた。だが、それも「まあ、時代が時代だからある程度は仕方ないか」と冷静に捉えることができるようになった。わがままな一面もあるにはあるが、なんだかんだいって、一度契った女性は見捨てないというのは、誰にも真似のできない美点だ。普通は、物理的に不可能なのだから。それに、無邪気なところと身勝手なところの混在ぶりが、やけにリアルで興味深い。

やはり、ひとびとの支持を千年も保ち続けた物語だけあって面白いのだ。そんな名作を生み出した紫式部が、嘘をついてはならないとの仏教の教えに、フィクションを書いたことで背いたとみなされ、地獄に堕ちた——いわゆる源氏供養のことをわたしが知ったのは、大正から昭和初期にかけて活躍した画家・橘小夢の描いた絵がきっかけだったかと思う。妖艶な絵柄に感嘆しつつも、「なんだ、そりゃ。フィクション書いて地獄堕ちになるのなら、わたしゃどうすりゃええんじゃ。地獄の湯釜に飛びこんで『は～、六根清浄～♪』って歌ってやろかいな」とあきれたものだった。

そんなこんなを知らずにいた若い頃、友人と京都を歩いていて、偶然、紫式部の墓にたどり着いたことがあった。しかも、式部の墓の隣には、冥府の役人になったと伝わる平安時代初期の人物・小野篁の墓が建っている。どうしてこのふたりの墓が並んでいるのだろうと首をひねり、式部の墓が放つ違和感にざわざわしたのをおぼえている。

なんでも、この墓は地獄に堕ちたとされる紫式部を、地獄と縁故のある小野篁に救ってもらおうと考えた、『源氏物語』ファンが設置したものだったとか。……ほ、ほんとに？　思いがけない要素が交錯していて、なんだかまだちょっと困惑してしまうのだが、まあ、そう伝わっているものもあるということで。

とにもかくにも、少し掘れば意外な姿がわんさかと出てくるから歴史は楽しい。『源氏物語』は古典中の古典であり、なかなかハードルは高いかもしれないが、いまはありがたいことに、さまざまな入り口が用意されている。どういう形でも構わないと個人的に思うので、華麗なる王朝文化の世界にまずは一歩、踏み入ってみてはいかがだろうか。

最後になりましたが、こたびは愛らしくて味わい深い絵柄に定評のある三木謙次（みきけんじ）さんにカバーイラストを担当していただいたことを、この場を借りて深く感謝申しあげます。本当にラッキーでありました！

令和五年五月

瀬川貴次

平安の都で起こる怪異を
迷コンビが追う！
大人気・平安冒険譚

シリーズ・好評既刊

集英社文庫

ばけもの厭ふ中将 戦慄の紫式部

2023年7月30日　第1刷　　定価はカバーに表示してあります。

著　者　瀬川貴次
発行者　樋口尚也
発行所　株式会社 集英社
東京都千代田区一ツ橋2-5-10　〒101-8050
電話　【編集部】03-3230-6095
【読者係】03-3230-6080
【販売部】03-3230-6393(書店専用)

印　刷　株式会社広済堂ネクスト
製　本　株式会社広済堂ネクスト

フォーマットデザイン　アリヤマデザインストア　　マークデザイン　居山浩二

ISBN978-4-08-744553-4 C0193